temas

la soledad
la falta de
comunicación
la violencia
mezcla de amor y odio
y relaciones humanas
el mundo torturado por niños
necesidad de esforzarse
crítica de la vista actual

embastonados

ÁNCORA Y DELFIN. - 211

ANA MARÍA MATUTE - HISTORIAS DE LA ARTÁMILA

ANA MARÍA MATUTE

HISTORIAS
DE LA ARTÁMILA

EDICIONES   DESTINO

© Ana María Matute
© Ediciones Destino
Consejo de Ciento, 425. Barcelona-9
Primera edición: septiembre 1961
Segunda edición: septiembre 1969
Tercera edición: julio 1975
Depósito Legal: B. 26.667-1975
ISBN: 84-233-0302-0
Impreso por Gráficas Instar
Constitución, 19. Barcelona-14
Impreso en España - Printed in Spain

EL INCENDIO

Cuando apenas contaba cinco años destinaron a su padre a Pedrerías, y allí continuaba aún. Pedrerías era una aldea de piedra rojiza, en las estribaciones de la sierra, más allá de los pinares: al pie de las grandes rocas horadadas por cuevas de grajos y cuervos, con extraños gritos repitiéndose en las horas calmas de la siesta; como aplastada por un cielo espeso, apenas sin nubes, de un azul cegador. Pedrerías era una tierra alejada, distinta, bajo los roquedales que a la tarde cobraban un tono amedrentado, bañados de oro y luces que huían. En la lejanía del camino había unos chopos delgados y altos, que, a aquella hora, le hacían soñar. Pero su sueño era un sueño sobresaltado, como el lejano galope de los caballos o como el fragor del río en el deshielo, amanecida la primavera. Pedrerías aparecía entonces a sus ojos como una tierra sorda, sembrada de muelas. Y le venían los sueños como un dolor incontenible: hiriendo, levantándole terrones de carne con su arado brutal.

En Pedrerías le llamaban "el maestrín", porque su padre era el maestro. Pero ni él sería maestro ni nadie esperaba que lo fuese. Él era sólo un pobre muchacho inútil y desplazado: ni campesino ni de más allá de la tierra. Desde los ocho a los catorce años estuvo enfermo. Su enfermedad era mala y cara de remediar. El maestro no tenía dinero. De tenerlo no andaría aún por Pedrerías, perdiéndose en aquella oscuridad. Y tenía un vicio terrible, que iba hundiéndole día a día: siempre estaba borracho. En Pedrerías decían que al principio no fue así; pero ya, al parecer, no tenía remedio. "El maestrín", en cambio, aborrecía el vino: solamente su olor le daba vómitos. "El maestrín" amaba a su padre, porque aún estaban vivos sus recuerdos y no podía olvidar. A su memoria volvía el tiempo en que le sacaba en brazos afuera, al sol, y lo sentaba con infinito cuidado sobre la tierra cálida, y le enseñaba el vuelo lejano de los grajos en torno a los fingidos castillos de las rocas, entre gritos que el maestro le traducía, diciendo:

—*Piden agua, piden pan; no se lo dan...*

El maestro se reía, le ponía las manos en los hombros y le contaba historias. O le enseñaba el río, allá abajo. El sol brillaba alto, aún, y empezaba la primavera. El maestro le descubría las piernas y le decía:

—Que te dé el sol en las rodillas.

El sol bajaba hasta sus rodillas flacas y blancas, bruñidas y extrañas como pequeños cráneos de marfil. El sol le iba empapando, como un vino hermoso, hasta sus huesecillos de niño enfermo. Sí: el maestro no tenía dinero y sí el gran vicio de beber. Pero le sacaba al sol en brazos, con infinito cuidado, y le decía:

—*Piden agua, piden pan; no se lo dan...*

Los grajos se repetían, negros, lentos, con sus gritos espaciados y claros, en la mañana.

"El maestrín" no conoció a su madre, que, cuando

llegaron a Pedrerías, ya había muerto. El maestro no tardó en amistanzarse con Olegaria, la de los Mangarota, que iba a asearles el cuarto y a encenderles la lumbre, y que acabó viviendo con ellos. Olegaria no era mala. Le contaba historias de brujas y le sacaba en brazos a la puerta trasera de la casa, contra el muro de piedras, cuando daba el sol. Y, con el líquido amarillo del frasco con un fraile pintado, le daba friegas en las piernas. Y cantaba, con su voz ronca:

—*San Crispín, San Valentín, triste agonía la del "colibrín"*...

Pero el párroco de La Central se enteró, y la sacó de allí. Desde entonces, vivían solos padre e hijo, en el cuarto, con su ventanuco sobre el río. Olía mal, allí dentro, pero sólo lo notaba si salía al aire puro de la tarde, a mirar hacia los chopos del lejano sendero, con la luz huyendo hacia el otro lado de los roquedales.

Exactamente el día de su cumpleaños, por la tarde, los vio llegar. Estaba apoyado en la angarilla del huerto de los Mediavilla, cuando por el camino del puente aparecieron los dos carros. Sus ruedas se reflejaban con un brillo último, claro y extraño, en las aguas del río.

Al poco rato ya chillaban los niños. Llegaban los cómicos. "El maestrín" temía siempre la llegada de los cómicos. Le dejaban una tristeza pesada, como de miel.

A las afueras de Pedrerías se alzaba la casa de Maximiliano el Negro, que tenía mala fama de cuatrero, y a quien la Guardia Civil había echado el ojo. Pero nunca se encontraron pruebas en contra, y Maximiliano vivía tan tranquilo, en su casa distante, con una vieja cuadra vacía, en la que se instalaba el "salón". En el "salón" se representaban las comedias, y, los domingos por la noche, se bailaba al son de una vieja guitarra. Como la luz era muy poca, colgaban grandes candiles de petróleo en las paredes.

Aquella noche, como de costumbre, "el maestrín" se sentó en la boca misma del escenario, simplemente urdido con unas colchas floreadas y pálidamente iluminado por el temblor de las luces llameando en las paredes. La comedia era extraña. Un teatro diminuto apareció tras el teatro grande, y unas pequeñas figuras de madera blanca o de cera, con largas pelucas muertas, representaban fragmentos de la Historia Sagrada. Adán y Eva, blancos como cadáveres, movían rígidamente sus brazos al hablar de la manzana y del pecado. Adán avanzaba hacia Eva, y, tras sus barbas de hombre muerto, decía con una rara voz de pesadilla:

—"Hermosa carne mía..."

"El maestrín" sintió un escalofrío en la espalda. Eva, desnuda y blanca, con su larga cabellera humana, atroz, se movía en el escenario como dentro de un mágico ataúd de niño recién nacido. Toda su blancura era del color blanco de los entierros de los niños.

Cuando aquello acabó se corrieron las cortinas, que de nuevo se abrieron para la rifa. Los objetos rifados eran una botella de coñac, un juego de copas, y alguna otra cosa que no pudo ver. Porque de pronto la vio a ella. Ella: que lo llenaba todo.

Era alta, delgada, con el cabello de un rubio ceniciento sobre los hombros. Tenía la frente distinta. Algo raro había en su frente, que él no podía comprender, por más que la miraba fascinado. Acabó la rifa, se corrieron las cortinas y empezó el baile. En lugar de marcharse, como acostumbraba, se quedó. Con la esperanza de verla de cerca. Y la vio. Ella también bailaba.

Los mozos de Pedrerías la sacaban a bailar, torpes y rientes, colorados, debajo de sus boinas. Sentía un malestar agudo cada vez que veía las manazas de los campesinos sobre aquel cuerpo delgado. Una vez, pasó junto a él, y vio algo maravilloso: tenía la frente rodeada de estrellas.

Estuvo un rato quieto, apoyado en la pared. Llevaba el traje de los domingos, acababa de cumplir dieciséis años. Sentía un ahogo extraño, desconocido. No era de la tierra ni de la ciudad: era un ser aparente y desgraciado. Un enfermo. El hijo ignorante de un borracho. A veces leía libros, de los que había en un cajón debajo de la cama. Unos los entendía, a su modo. Otros, no los entendía, pero también le abrían puertas. Tal vez equivocadas, pero puertas. No entendía nada de la tierra ni de los árboles. Sólo sabía: *"Piden agua, piden pan; no les dan..."*.

El "salón" de Maximiliano el Negro estaba lleno del polvo levantado por los pies de los bailarines. De pronto, se fue ella. Y le pareció que tamblaban más que nunca las llamas de petróleo:

—¿Favor...? — dijo, como oyó que pedían los otros.

Ella se volvió a mirarle, y sonrió. Luego, le tendió los brazos.

Danzaron unos minutos. Sintió que las manos le temblaban sobre aquel cuerpo fino, vestido de seda azul. Suponía que era seda, por lo suave. El cabello de ella, rubio, le cosquilleaba la mejilla. Ella volvió el rostro y le miró de frente. La luz iba y venía, no se estaba quieta ni un segundo. La guitarra no se oía. Apenas un raro compás, como un tambor sordo y lejano, marcaba un ritmo obsesivo, entre los empujones y las risas de los bailarines. Ella llevaba una diadema de brillantes que refulgían cegadores, como llamas, al vaivén de los pasos. También su voz era una voz irreal. Se le apretó la garganta y tuvo prisa. Una prisa atroz, irreprimible, de que ocurrieran cosas: todas las cosas del mundo. Entonces, inaplazablemente, sólo para ellos dos.

Ella lo facilitaba todo. Era sabia, antigua y reciente como el mundo.

—Tú no eres como esos zafios...

Sonreía, a los vaivenes de la luz del candil alto, clavado en la pared como un murciélago. Su mano, blanca y dura como una piedra del río, se había posado sobre su corbata de los domingos, grasienta y acartonada.

Salieron de allí. Un viento suave alegraba la noche. La taberna estaba abierta. A pesar de su repugnancia, bebieron unos vasos.

—Mañana te pago, Pedro...

Salieron de nuevo. El viento era caliente, ahora. Un viento dulce y arrobado, espeso, como tal vez es el viento de la muerte. Era la noche de todas las cosas.

Allí estaba la era de los Cibrianes, con su paja aún tendida en gavillas. No sabía si aquello era amor o era una venganza. Contra la tierra, contra los gritos de los cuervos, contra sus rodillas de niño enfermo. No podía saberlo, pero sucedía. Y él deseaba que sucediera. No tenía miedo. Era algo fatal y repetido, eterno. Como el tiempo. Eso sí lo sabía.

Luego, ella le abandonó. Se fue de prisa, aunque él deseaba poderosamente retenerla allí, a su lado. No sabía por qué. Quizá para mirar al cielo alto y grande, tendidos en la paja. Pero ella se iba, clavándose de nuevo la diadema entre su cabello.

—Que me tengo que ir, que mañana nos vamos y hay que ir recogiendo...

"Que mañana nos vamos." De pronto, despertó. La vio irse, entre las sombras. Irse. No podía ser. No podía marcharse. Ahora, ya, los días serían distintos. Ya conocía, ya sabía otra cosa. Ahora, el tiempo sería duro, dañino. Los sueños de la tarde serían unos sueños horribles, atroces.

Algo como un incendio se le subió dentro. Un infierno de rencor. De rebeldía. "El maestrín, pobrecillo, que está enfermo..." ¿Adónde iba "el maestrín" con sus estúpidos cumpleaños sin sentido?

Los cómicos dormían en la misma casa de Maximiliano el Negro. Afuera, junto al Puente del Cristo, estaban sus carros de ruedas grandes, que girarían al borde del río, otra vez, a la madrugada, para irse de allí. Para irse de aquel mundo que ni los cómicos podían soportar más de una noche. El incendio crecía y se le subía a los ojos, como ventanas lamidas por el fuego.

Igual que los zorros, traidores, conscientes de su maldad, se levantó. Por la puerta de atrás del "salón", se subía al cuartito de los aperos, en el que guardaba Maximiliano el bidón del petróleo. Como una lagartija, pegado a la pared, se fue a por él.

El incendio se alzó rozando las primeras luces del alba. Salieron todos gritando, como locos. Iban medio vestidos, con la ceniza del alba en las caras aún sin despintar, porque el cansancio y la miseria son enemigos de la higiene. Junto al Puente del Cristo, los carros ardían, y uno de ellos se despeñaba hacia el río, como una tormenta de fuego.

Él estaba en el centro del puente, impávido y blanco, como un álamo. Iban todos gritando, con los cubos. La campana del pueblo, allá, sonaba, sonaba. Estaban todos medio locos, menos él.

Entonces la vio. Gritaba como un cuervo espanto-
so. Graznaba como un cuervo, como un grajo: desme-
lenados los cabellos horriblemente amarillos; la diadema de estrellas falsas con un pálido centelleo; el camisón
arrugado, sucio, bajo la chaqueta; las piernas como de
palo, como de astilla. Aullaba al fuego, despavorida. La
luz del alba era cruel, y le mostró sus años: sus terribles años de vagabunda reseca. Sus treinta, sus cuarenta
o cien años (quién podría ya saberlo). La terrible vejez
de los caminos en las mejillas hundidas, en el carmín
desportillado, como los muros del cementerio. Allí estaba: sin sueños, sin senderos de sueño, junto a los chopos de la lejanía. Se acercó a ella y le dijo:

—Para que no te fueras, lo hice...

Luego se quedó encogido, esperando. Esperando el
grito que no llegaba. Sólo su mirada azul y opaca, y su
boca abierta, como una cueva, en el centro de aquella
aurora llena de humos y rescoldos. Estaba ya apagado
el fuego, y ella, como las otras, con un largo palo golpeaba las brasas. Se quedó con el palo levantado, mirándole boquiabierta, vieja y triste como el sueño. En
el suelo estaba el cuerpecillo de Eva, entre la ceniza caliente. Calva la cabeza, como una rodilla de niño enfermo. "No es combustible", pensó. Y se dio media vuelta,
a esconderse bajo el puente.

Acababa de sentarse allí, rodeado por el gran eco
del agua, cuando creyó oír los gritos de ella, arriba.
A poco, unas piedras rodaron. Miró y vio cómo bajaban hacia él dos guardias civiles, con el tricornio brillando lívidamente.

Bajo las rocas, un cuervo volaba, extraño a aquella
hora. Un cuervo despacioso, lento, negro.

—*Piden agua, piden pan; no les dan...*

DON PAYASITO

En la finca del abuelo, entre los jornaleros, había uno muy viejo llamado Lucas de la Pedrería. Este Lucas de la Pedrería decían todos que era un pícaro y un marrullero, pero mi abuelo le tenía gran cariño y siempre contaba cosas suyas, de hacía tiempo:

—Corrió mucho mundo —decía—. Se arruinó siempre. Estuvo también en las islas de Java...

Las cosas de Lucas de la Pedrería hacían reír a las personas mayores. No a nosotros, los niños. Porque Lucas era el ser más extraordinario de la tierra. Hi hermano y yo sentíamos hacia él una especie de amor, admiración y temor, que nunca hemos vuelto a sentir.

Lucas de la Pedrería habitaba la última de las barracas, ya rozando los bosques del abuelo. Vivía solo, y él mismo cocinaba sus guisos de carne, cebollas y patatas, de los que a veces nos daba con su cuchara de hueso, y él se lavaba su ropa en el río, dándole grandes golpes con una pala. Era tan viejo que decía perdió el último año y no lo podía encontrar. Siempre que podíamos nos escapábamos a la casita de Lucas de la Pedrería, porque nadie, hasta entonces, nos habló nunca de las cosas que él nos hablaba.

—¡Lucas, Lucas! — le llamábamos, cuando no le veíamos sentado a la puerta de su barraca.

Él nos miraba frotándose los ojos. El cabello, muy blanco, le caía en mechones sobre la frente. Era menudo, encorvado, y hablaba casi siempre en verso. Unos extraños versos que a veces no rimaban mucho, pero que nos fascinaban:

—Ojitos de farolito — decía —. ¿Qué me venís a buscar?...

Nosotros nos acercábamos despacio, llenos de aquel dulce temor cosquilleante que nos invadía a su lado (como rodeados de mariposas negras, de viento, de las luces verdes que huían sobre la tierra grasienta del cementerio...).

—Queremos ver a Don Payasito... — decíamos, en voz baja, para que nadie nos oyera. Nadie que no fuera él, nuestro mago.

Él se ponía el dedo, retorcido y oscuro como un cigarro, a través de los labios:

—¡A callar, a bajar la voz, muchachitos malvados de la isla del mal!

Siempre nos llamaba "muchachitos malvados de la isla del mal". Y esto nos llenaba de placer. Y decía: "Malos, pecadores, cuervecillos", para referirse a nosotros. Y algo se nos hinchaba en el pecho, como un globo de colores, oyéndole.

Lucas de la Pedrería se sentaba y nos pedía las manos:

—Acá las "vuesas" manos, acá pa "adivinasus" todito el corazón...

Tendíamos las manos, con las palmas hacia arriba. Y el corazón nos latía fuerte. Como si realmente allí, en las manos, nos lo pudiera ver: temblando, riendo.

Acercaba sus ojos y las miraba y remiraba, por la palma y el envés, y torcía el gesto:

—Manitas de "pelandrín", manitas de cayado, ¡ay de las tus manitas, cuitado...!

Así, iba canturreando, y escupía al suelo una vez que otra. Nosotros nos mordíamos los labios para no reír.

—¡Tú mentiste tres veces seguidas, como San Pedro! — le decía, a lo mejor, a mi hermano. Mi hermano se ponía colorado y se callaba. Tal vez era cierto, tal vez no. Pero, ¿quién iba a discutírselo a Lucas de la Pedrería?

—Tú, golosa, corazón egoísta, escondiste pepitas de oro en el fondo del río, como los malos pescadores de la isla de Java...

Siempre sacaba a cuento los pescadores de la isla de Java. Yo también callaba, porque ¿quién sabía si realmente había yo escondido pepitas de oro en el lecho del río? ¿Podría decir acaso que no era verdad? Yo no podía, no.

—Por favor, por favor, Lucas, queremos ver a don Payasito...

Lucas se quedaba pensativo, y, al fin, decía:

—¡Saltad y corred, diablos, que allá va don Payasito, camino de la gruta...! ¡Ay de vosotros, ay de vosotros, si no le alcanzáis a tiempo!

Corríamos mi hermano y yo hacia el bosque, y en cuando nos adentrábamos entre los troncos nos invadía la negrura verdosa, el silencio, las altas estrellas del sol acribillando el ramaje. Hendíamos el musgo, trepábamos sobre las piedras cubiertas de líquenes, junto al torrente. Allá arriba, estaba la cuevecilla de don Payasito, el amigo secreto.

Llegábamos jadeando a la boca de la cueva. Nos sentábamos, con todo el latido de la sangre en la garganta, y esperábamos. Las mejillas nos ardían y nos llevábamos las manos al pecho para sentir el galope del corazón.

Al poco rato, aparecía por la cuestecilla don Payasito. Venía envuelto en su capa encarnada, con soles amarillos. Llevaba un alto sombrero puntiagudo de color azul, el cabello de estopa, y una hermosa, una maravillosa cara blanca, como la luna. Con la diestra se apoyaba en un largo bastón, rematado por flores de papel encarnadas, y en la mano libre llevaba unos cascabeles dorados que hacía sonar.

Mi hermano y yo nos poníamos de pie de un salto y le hacíamos una reverencia. Don Payasito entraba majestuosamente en la gruta, y nosotros le seguíamos.

Dentro olía fuertemente a ganado, porque algunas veces los pastores guardaban allí sus rebaños, durante la noche. Don Payasito encendía parsimoniosamente el farol enmohecido, que ocultaba en un recodo de la gruta. Luego se sentaba en la piedra grande del centro, quemada por las hogueras de los pastores.

—¿Qué traéis hoy? — nos decía, con una rara voz, salida de tenebrosas profundidades.

Hurgábamos en los bolsillos y sacábamos las pecadoras monedas que hurtábamos para él. Don Payasito amaba las monedillas de plata. Las examinaba cuidadosamente, y se las guardaba en lo profundo de la capa. Luego, también de aquellas mágicas profundidades, extraía un pequeño acordeón.

—¡El baile de la bruja Timotea! — le pedíamos.

Don Payasito bailaba. Bailaba de un modo increíble. Saltaba y gritaba, al son de su música. La capa se in-

flaba a sus vueltas y nosotros nos apretábamos contra
la pared de la gruta, sin acertar a reírnos o a salir corriendo. Luego, nos pedía más dinero. Y volvía a danzar, a danzar, "el baile del diablo perdido". Sus músi-
cas eran hermosas y extrañas, y su jadeo nos llegaba
como un raro fragor de río, estremeciéndonos. Mientras había dinero había bailes y canciones. Cuando el
dinero se acababa don Payasito se echaba en el suelo
y fingía dormir.

—¡Fuera, fuera, fuera! — nos gritaba. Y nosotros,
llenos de pánico, echábamos a correr bosque abajo; pálidos, con un escalofrío pegado a la espalda como una
culebra.

Un día — acababa yo de cumplir ocho años — fuimos escapados a la cabaña de Lucas, deseosos de ver a
don Payasito. Si Lucas no le llamaba, don Payasito no
vendría nunca.

La barraca estaba vacía. Fue inútil que llamáramos
y llamáramos y le diéramos la vuelta, como pájaros asustados. Lucas no nos contestaba. Al fin, mi hermano, que
era el más atrevido, empujó la puertecilla de madera,
que crujió largamente. Yo, pegada a su espalda, miré
también hacia adentro. Un débil resplandor entraba en
la cabaña, por la ventana entornada. Olía muy mal.
Nunca antes estuvimos allí.

Sobre su camastro estaba Lucas, quieto, mirando raramente al techo. Al principio no lo entedimos. Mi hermano le llamó. Primero muy bajo, luego muy alto. También yo le imité.

—¡Lucas, Lucas, cuervo malo de la isla del mal!...

Nos daba mucha risa que no nos respondiera. Mi
hermano empezó a zarandearle de un lado a otro. Estaba rígido, frío, y tocarlo nos dio un miedo vago pero

irresistible. Al fin, como no nos hacía caso, le dejamos. Empezamos a· curiosear y encontramos un baúl negro, muy viejo. Lo abrimos. Dentro estaba la capa, el gorro y la cara blanca, de cartón triste, de don Payasito. También las monedas, nuestras pecadoras monedas, esparcidas como pálidas estrellas por entre los restos.

Mi hermano y yo nos quedamos callados, mirándonos. De pronto, rompimos a llorar. Las lágrimas nos caían por la cara, y salimos corriendo al campo. Llorando, llorando con todo nuestro corazón, subimos la cuesta. Y gritando entre hipos:

—¡Que se ha muerto don Payasito, ay, que se ha muerto don Payasito…!

Y todos nos miraban y nos oían, pero nadie sabía qué decíamos ni por quién llorábamos.

LA FELICIDAD

Cuando llegó al pueblo, en el auto de línea, era ya anochecido. El regatón de la cuneta brillaba como espolvoreado de estrellas diminutas. Los árboles, desnudos y negros, crecían hacia un cielo gris azulado, transparente.

El auto de línea paraba justamente frente al cuartel de la Guardia Civil. Las puertas y las ventanas estaban cerradas. Hacía frío. Solamente una bombilla, sobre la inscripción de la puerta, emanaba un leve resplandor. Un grupo de mujeres, el cartero y un guardia, esperaban la llegada del correo. Al descender notó crujir la escarcha bajo sus zapatos. El frío mordiente se le pegó a la cara.

Mientras bajaban su maleta de la baca, se le acercó un hombre.

—¿Es usted don Lorenzo, el nuevo médico? — le dijo.

Asintió.

—Yo, Atilano Ruigómez, alguacil, para servirle.

Le cogió la maleta y echaron a andar hacia las primeras casas de la aldea. El azul de la noche naciente

empapaba las paredes, las piedras, los arracimados tejadillos. Detrás de la aldea se alargaba la llanura, levemente ondulada, con pequeñas luces zigzagueando en la
lejanía. A la derecha, la sombra oscura de los pinares.
Atilano Ruigómez iba con paso rápido, junto a él.

—He de decirle una cosa, don Lorenzo.

—Usted dirá.

—Ya le hablarían a usted de lo mal que andaba la
cuestión del alojamiento. Ya sabe que en este pueblo,
por no haber, ni posada hay.

—Pero, a mí me dijeron...

—¡Sí, le dirían! Mire usted: nadie quiere alojar a
nadie en casa, ni en tratándose del médico. Ya sabe:
andan malos tiempos. Dicen todos por ahí que no se
pueden comprometer a dar de comer... Nosotros nos
arreglamos con cualquier cosa: un trozo de cecina, unas
patatas... Las mujeres van al trabajo, como nosotros.
Y en el invierno no faltan ratos malos para ellas. Nunca
se están de vacío. Pues eso es: no pueden andarse preparando guisos y comidas para uno que sea de com-
promiso. Ya ni cocinar deben saber... Dispulpe usted,
don Lorenzo. La vida se ha puesto así.

—Bien, pero en alguna parte he de vivir...

—¡En la calle no se va usted a quedar! Los que se
avinieron a tenerle en un principio, se volvieron atrás,
a última hora. Pero ya se andará...

Lorenzo se paró consternado. Atilano Ruigómez, el
alguacil del Ayuntamiento, se volvió a mirarle. ¡Qué joven le pareció, de pronto, allí, en las primeras piedras
de la aldea, con sus ojos redondos de gorrión, el pelo
rizado y las manos en los bolsillos del gabán raído!

—No se me altere... Usted no se queda en la calle.
Pero he de decirle: de momento, sólo una mujer pue-

de alojarle. Y quiero advertirle, don Lorenzo: es una pobre loca.

—¿Loca...?

—Sí, pero inofensiva. No se apure. Lo único que es mejor advertirle, para que no le choquen a usted las cosas que le diga... Por lo demás, es limpia, pacífica, y muy arreglada.

—Pero loca... ¿qué clase de loca?

—Nada de importancia, don Lorenzo. Es que... ¿sabe? Se le ponen "humos" dentro de la cabeza, y dice despropósitos. Por lo demás, ya le digo: es de buen trato. Y como sólo será por dos o tres días, hasta que se le encuentre mejor acomodo... ¡No se iba usted a quedar en la calle, con una noche así, como se prepara!

La casa estaba al final de una callecita empinada. Una casa muy pequeña, con un balconcillo de madera quemada por el sol y la nieve. Abajo estaba la cuadra, vacía. La mujer bajó a abrir la puerta, con un candil de petróleo en la mano. Era menuda, de unos cuarenta y tantos años. Tenía el rostro ancho y apacible, con los cabellos ocultos bajo un pañuelo anudado a la nuca.

—Bienvenido a esta casa — le dijo. Su sonrisa era dulce.

La mujer se llamaba Filomena. Arriba, junto a los leños encendidos, le había preparado la mesa. Todo era pobre, limpio, cuidado. Las paredes de la cocina habían sido cuidadosamente enjalbegadas y las llamas prendían rojos resplandores a los cobres de los pucheros y a los cacharros de loza amarilla.

—Usted dormirá en el cuarto de mi hijo — explicó, con su voz un tanto apagada —. Mi hijo ahora está en la ciudad. ¡Ya verá como es un cuarto muy bonito!

Él sonrió. Le daba un poco de lástima, una piedad extraña, aquella mujer menuda, de movimientos rápidos, ágiles.

El cuarto era pequeño, con una cama de hierro negra, cubierta con colcha roja, de largos flecos. El suelo, de madera, se notaba fregado y frotado con estropajo. Olía a lejía y a cal. Sobre la cómoda brillaba un espejo, con tres rosas de papel prendidas en un ángulo.

La mujer cruzó las manos sobre el pecho:

—Aquí duerme mi Manolo — dijo —. ¡Ya se puede usted figurar cómo cuido yo este cuarto!

—¿Cuántos años tiene su hijo? — preguntó, por decir algo, mientras se despojaba del abrigo.

—Trece cumplirá para el agosto. ¡Pero es más listo! ¡Y con unos ojos...!

Lorenzo sonrió. La mujer se ruborizó:

—Perdone, ya me figuro: son las tonterías que digo... ¡Es que no tengo más que a mi Manuel en el mundo! Ya ve usted: mi pobre marido se murió cuando el niño tenía dos meses. Desde entonces...

Se encogió de hombros y suspiró. Sus ojos, de un azul muy pálido, se cubrieron de una tristeza suave, lejana. Luego, se volvió rápidamente hacia el pasillo:

—Perdone, ¿le sirvo ya la cena?

—Sí, en seguida voy.

Cuando entró de nuevo en la cocina la mujer le sirvió un plato de sopa, que tomó con apetito. Estaba buena.

—Tengo vino... — dijo ella, con timidez —. Si usted quiere... Lo guardo, siempre, para cuando viene a verme mi Manuel.

—¿Qué hace su Manuel? — preguntó él.

Empezaba a sentirse lleno de una paz extraña, allí, en aquella casa. Siempre anduvo de un lado para otro, en pensiones malolientes, en barrios tristes y cerrados por altas paredes grises. Allá afuera, en cambio, estaba la tierra: la tierra hermosa y grande, de la que procedía. Aquella mujer — ¿loca?, ¿qué clase de locura sería la suya? — también tenía algo de la tierra, en sus manos anchas y morenas, en sus ojos largos, llenos de paz.

—Está de aprendiz de zapatero, con unos tíos. ¡Y que es más avisado! Verá qué par de zapatos me hizo para la Navidad pasada. Ni a estrenarlos me atrevo.

Volvió con el vino y una caja de cartón. Le sirvió el vino despacio, con gesto comedido de mujer que cuida y ahorra las buenas cosas. Luego abrió la caja, que despidió un olor de cuero y almendras amargas.

—Ya ve usted, mi Manolo...

Eran unos zapatos sencillos, nuevos, de ante gris.

—Muy bonitos.

—No hay cosa en el mundo como un hijo — dijo Filomena, guardando los zapatos en la caja —. Ya le digo yo: no hay cosa igual.

Fue a servirle la carne y se sentó luego junto al fuego. Cruzó los brazos sobre las rodillas. Sus manos reposaban y Lorenzo pensó que una paz extraña, inaprensible, se desprendía de aquellas palmas endurecidas.

—Ya ve usted — dijo Filomena, mirando hacia la lumbre —. No tendría yo, según todos dicen, motivos para alegrarme mucho. Apenas casada quedé viuda. Mi marido era jornalero, y yo ningún bien tenía. Sólo trabajando, trabajando, saqué adelante la vida. Pues ya ve: sólo porque le tenía a él, a mi hijo, he sido muy feliz.

Sí, señor: muy feliz. Verle a él crecer, ver sus primeros pasos, oírle cuando empezaba a hablar... ¿no va a trabajar una mujer, hasta reventar, sólo por eso? Pues, ¿y cuando aprendió las letras, casi de un tirón? ¡Y qué alto, qué espigado me salió! Ya ve usted: por ahí dicen que estoy loca. Loca porque le he quitado del campo y le he mandado a aprender un oficio. Porque no quiero que sea un hombre quemado por la tierra, como fue su pobre padre. Loca me dicen, sabe usted, porque no me doy reposo, sólo con una idea: mandarle a mi Manuel dinero para pagarse la pensión en casa de los tíos, para comprarse trajes y libros. ¡Es tan aficionado a las letras! ¡Y tan presumido! ¿Sabe usted? Al quincallero le compré dos libros con láminas de colores, para enviárselos. Ya le enseñaré luego... Yo no sé de letras, pero deben ser buenos. ¡A mi Manuel le gustarán! ¡Él sacaba las mejores notas en la escuela! Viene a verme, a veces. Estuvo por Pascua y volverá para la Nochebuena.

Lorenzo escuchaba en silencio, y la miraba. La mujer, junto al fuego, parecía nimbada de una claridad grande. Como el resplandor que emana a veces de la tierra, en la lejanía, junto al horizonte. El gran silencio, el apretado silencio de la tierra, estaba en la voz de la mujer. "Se está bien aquí — pensó —. No creo que me vaya de aquí."

La mujer se levantó y retiró los platos.

—Ya le conocerá usted, cuando venga para la Navidad.

—Me gustará mucho conocerle — dijo Lorenzo —. De verdad que me gustará.

—Loca, me llaman — dijo la mujer. Y en su sonrisa le pareció que vivía toda la sabiduría de la tierra,

:ambién —. Loca, porque ni visto ni calzo, ni un lujo me doy. Pero no saben que no es sacrificio. Es egoísmo, sólo egoísmo. Pues, ¿no es para mí todo lo que le dé a él? ¿No es él más que yo misma? ¡No entienden esto por el pueblo! ¡Ay, no entienden esto, ni los hombres, ni las mujeres!

—Locos son los otros — dijo Lorenzo, ganado por aquella voz —. Locos los demás.

Se levantó. La mujer se quedó mirando al fuego, como ensoñada.

Cuando se acostó en la cama de Manuel, bajo las sábanas ásperas, como aún no estrenadas, le pareció que la felicidad — ancha, lejana, vaga —,rozaba todos los rincones de aquella casa, impregnándole a él, también, como una música.

A la mañana siguiente, a eso de las ocho, Filomena llamó tímidamente a su puerta:

—Don Lorenzo, el alguacil viene a buscarle...

Se echó el abrigo por los hombros y abrió la puerta. Atilano estaba allí, con la gorra en la mano:

—Buenos días, don Lorenzo. Ya está arreglado... Juana, la de los Guadarramas, le tendrá a usted. Ya verá cómo se encuentra a gusto.

Le interrumpió, con sequedad:

—No quiero ir a ningún lado. Estoy bien aquí.

Atilano miró hacia la cocina. Se oían ruidos de cacharros. La mujer preparaba el desayuno.

—¿Aquí...? —

Lorenzo sintió una irritación pueril.

—¡Esa mujer no está loca! — dijo —. Es una madre, una buena mujer. No está loca una mujer que vive porque su hijo vive..., sólo porque tiene un hijo, tan llena de felicidad...

Atilano miró al suelo con una gran tristeza. Levantó un dedo, sentencioso, y dijo:

—No tiene ningún hijo, don Lorenzo. Se le murió de meningitis, hace lo menos cuatro años.

PECADO DE OMISIÓN

A los trece años se le murió la madre, que era lo último que le quedaba. Al quedar huérfano ya hacía lo menos tres años que no acudía a la escuela, pues tenía que buscarse el jornal de un lado para otro. Su único pariente era un primo de su madre, llamado Emeterio Ruiz Heredia. Emeterio era el alcalde y tenía una casa de dos pisos asomada a la plaza del pueblo, redonda y rojiza bajo el sol de agosto. Emeterio tenía doscientas cabezas de ganado paciendo por las laderas de Sagrado, y una hija moza, bordeando los veinte, morena, robusta, riente y algo necia. Su mujer, flaca y dura como un chopo, no era de buena lengua y sabía mandar. Emeterio Ruiz no se llevaba bien con aquel primo lejano, y a su viuda, por cumplir, la ayudó buscándole jornales extraordinarios. Luego, al chico, aunque lo recogió una vez huérfano, sin herencia ni oficio, no le miró a derechas. Y como él los de su casa.

La primera noche que Lope durmió en casa de Emeterio, lo hizo debajo del granero. Se le dio cena y un vaso de vino. Al otro día, mientras Emeterio se metía la camisa dentro del pantalón, apenas apuntando el sol en el canto de los gallos, le llamó por el hueco de la escalera, espantando a las gallinas que dormían entre los huecos:

—¡Lope!

Lope bajó descalzo, con los ojos pegados de legañas. Estaba poco crecido para sus trece años y tenía la cabeza grande, rapada.

—Te vas de pastor a Sagrado.

Lope buscó las botas y se las calzó. En la cocina, Francisca, la hija, había calentado patatas con pimentón. Lope las engulló de prisa, con la cuchara de aluminio goteando a cada bocado.

—Tú ya conoces el oficio. Creo que anduviste una primavera por las lomas de Santa Aurea, con las cabras del Aurelio Bernal.

—Sí, señor.

—No irás solo. Por allí anda Roque el Mediano. Iréis juntos.

—Sí, señor.

Francisca le metió una hogaza en el zurrón, un cuartillo de aluminio, sebo de cabra y cecina.

—Andando — dijo Emeterio Ruiz Heredia.

Lope le miró. Lope tenía los ojos negros y redondos, brillantes.

—¿Qué miras? ¡Arreando!

Lope salió, zurrón al hombro. Antes, recogió el cayado, grueso y brillante por el uso, que guardaba, como un perro, apoyado en la pared.

Cuando iba ya trepando por la loma de Sagrado, lo vio don Lorenzo, el maestro. A la tarde, en la taberna, don Lorenzo lió un cigarrillo junto a Emeterio, que fue a echarse una copa de anís.

—He visto a Lope — dijo —. Subía para Sagrado. Lástima de chico.

—Sí — dijo Emeterio, limpiándose los labios con el dorso de la mano —. Va de pastor. Ya sabe: hay que ganarse el currusco. La vida está mala. El "esgraciao" del Pericote no le dejó ni una tapia en que apoyarse y reventar.

—Lo malo — dijo don Lorenzo, rascándose la oreja con su uña larga y amarillenta — es que el chico vale. Si tuviera medios podría sacarse partido de él. Es listo. Muy listo. En la escuela...

Emeterio le cortó, con la mano frente a los ojos:

—¡Bueno, bueno! Yo no digo que no. Pero hay que ganarse el currusco. La vida está peor cada día que pasa.

Pidió otra de anís. El maestro dijo que sí, con la cabeza.

Lope llegó a Sagrado, y voceando encontró a Roque el Mediano. Roque era algo retrasado y hacía unos quince años que pastoreaba para Emeterio. Tendría cerca de cincuenta años y no hablaba casi nunca. Durmieron en el mismo chozo de barro, bajo los robles, aprovechando el abrazo de las raíces. En el chozo sólo cabían echados y tenían que entrar a gatas, medio arrastrándose. Pero se estaba fresco en el verano y bastante abrigado en el invierno.

El verano pasó. Luego el otoño y el invierno. Los pastores no bajaban al pueblo, excepto el día de la fiesta. Cada quince días un zagal les subía la "collera": pan, cecina, sebo, ajos. A veces, una bota de vino. Las cumbres de Sagrado eran hermosas, de un azul profundo, terrible, ciego. El sol, alto y redondo, como una pupila impertérrita, reinaba allí. En la neblina del amanecer, cuando aún no se oía el zumbar de las moscas ni crujido alguno, Lope solía despertar, con la techumbre de barro encima de los ojos. Se quedaba quieto un rato, sintiendo en el costado el cuerpo de Roque el Mediano, como un bulto alentante. Luego, arrastrándose, salía para el cerradero. En el cielo, cruzados como estrellas fugitivas, los gritos se perdían, inútiles y grandes. Sabía Dios hacia qué parte caerían. Como las piedras. Como los años. Un año, dos, cinco.

Cinco años más tarde, una vez, Emeterio le mandó llamar, por el zagal. Hizo reconocer a Lope por el médico, y vio que estaba sano y fuerte, crecido como un árbol.

—¡Vaya roble! — dijo el médico, que era nuevo. Lope enrojeció y no supo qué contestar.

Francisca se había casado y tenía tres hijos pequeños, que jugaban en el portal de la plaza. Un perro se le acercó, con la lengua colgando. Tal vez le recordaba. Entonces vio a Manuel Enríquez, el compañero de la escuela que siempre le iba a la zaga. Manuel vestía un traje gris y llevaba corbata. Pasó a su lado y les saludó con la mano.

Francisca comentó:

—Buena carrera, ése. Su padre lo mandó estudiar y ya va para abogado.

Al llegar a la fuente volvió a encontrarlo. De pronto, quiso llamarle. Pero se le quedó el grito detenido, como una bola, en la garganta.

—¡Eh! — dijo solamente. O algo parecido.

Manuel se volvió a mirarle, y le conoció. Parecía mentira: le conoció. Sonreía.

—¡Lope! ¡Hombre, Lope...!

¿Quién podía entender lo que decía? ¡Qué acento tan extraño tienen los hombres, qué raras palabras salen por los oscuros agujeros de sus bocas! Una sangre espesa iba llenándole las venas, mientras oía a Manuel Enríquez.

Manuel abrió una cajita plana, de color de plata, con los cigarrillos más blancos, más perfectos que vio en su vida. Manuel se la tendió, sonriendo.

Lope avanzó su mano. Entonces se dio cuenta de que era áspera, gruesa. Como un trozo de cecina. Los dedos no tenían flexibilidad, no hacían el juego. Qué rara mano la de aquel otro: una mano fina, con dedos como gusanos grandes, ágiles, blancos, flexibles. Qué mano aquélla, de color de cera, con las uñas brillantes, pulidas. Qué mano extraña: ni las mujeres la tenían igual. La mano de Lope rebuscó, torpe. Al fin, cogió el cigarrillo, blanco y frágil, extraño, en sus dedos amazacotados: inútil, absurdo, en sus dedos. La sangre de Lope se le detuvo entre las cejas. Tenía una bola de sangre agolpada, quieta, fermentando entre las cejas. Aplastó el cigarrillo con los dedos y se dio media vuelta. No podía detenerse, ni ante la sorpresa de Manuelito, que seguía llamándole:

—¡Lope! ¡Lope!

Emeterio estaba sentado en el porche, en mangas de camisa, mirando a sus nietos. Sonreía viendo a su nieto mayor, y descansando de la labor, con la bota de vino al alcance de la mano. Lope fue directo a Emeterio y vio sus ojos interrogantes y grises.

—Anda, muchacho, vuelve a Sagrado, que ya es hora...

En la plaza había una piedra cuadrada, rojiza. Una de esas piedras grandes como melones que los muchachos transportan desde alguna pared derruida. Lentamente, Lope la cogió entre sus manos. Emeterio le miraba, reposado, con una leve curiosidad. Tenía la mano derecha metida entre la faja y el estómago. Ni siquiera le dio tiempo de sacarla: el golpe sordo, el salpicar de su propia sangre en el pecho, la muerte y la sorpresa, como dos hermanas, subieron hasta él, así, sin más.

Cuando se lo llevaron esposado, Lope lloraba. Y cuando las mujeres, aullando como lobas, le querían pegar e iban tras él, con los mantos alzados sobre las cabezas, en señal de duelo, de indignación, "Dios mío, él, que le había recogido. Dios mío, él, que le hizo hombre. Dios mío, se habría muerto de hambre si él no lo recoge...", Lope sólo lloraba y decía:

—Sí, sí, sí...

EL RÍO

Para mi hermana Pilar

Don Germán era un hombre bajo y grueso, de cara colorada y ojos encendidos. Hacía bastantes años que ejercía de maestro en el pueblo, y se decía de él que una vez mató a un muchacho de una paliza. Nos lo contaron los chicos en los días fríos del otoño, sentados junto al río, con el escalofrío de la tarde en la espalda, mirando hacia la montaña de Sagrado, por donde se ponía el sol.

Era ésa la hora de las historias tristes y miedosas, tras los bárbaros juegos de la tarde, del barro, de las piedras, de las persecuciones y las peleas. A medida que se acercaba el frío se acrecentaban los relatos tristes y las historias macabras. Nos habíamos hecho amigos de los hijos de Maximino Fernández, el aparcero mayor de los Bingos. Los hijos de Maximino Fernández acudían a la escuela en el invierno y a la tierra en el verano. Solamente en aquellos primeros días de octubre, o a finales del verano, tenían unas horas libres para pelearse o jugar con nosotros. Ellos fueron los que nos hablaron de don Germán y de sus perrerías. Sobre todo el segundo de ellos, llamado Donato, era el que mayor delectación ponía en estas historias.

—Todo el día anda borracho don Germán — decía —. Se pasa la vida en la taberna, dale que dale al vino. En la escuela todo se llena del olor del tinto, no se puede uno acercar a él... Y de repente se pone a pegar y a pegar a alguno. A mí me coge tal que así — se cogía con la mano derecha un mechón de cabellos de la frente — y me levanta en el aire, como un pájaro.

Decían muchas más cosas de don Germán. Le tenían miedo y un odio muy grande, pero a través de todo esto también se les adivinaba una cierta admiración. Don Germán, según ellos, mató a un muchacho de la aldea, a palos. Esta idea les dejaba serios y pensativos.

Aquel año se prolongó nuestra estancia en el campo más que de costumbre. Estaba muy mediado el mes de octubre y aún nos encontrábamos allí. A nosotros nos gustaba la tierra oscura y húmeda, los gritos de los sembradores, bajo el brillo de un cielo como de aluminio. Amábamos la tierra y retrasar el regreso a la ciudad nos llenaba de alegría. Con todo ello, nuestra eventual amistad con los de las tierras de los Bingos se afianzó, y parecía, incluso, duradera.

Donato, a pesar de ser el segundón de los hermanos, tenía una extraña fuerza de captación, y todos le seguíamos. Era un muchacho de unos doce años, aunque por su altura apenas representaba diez. Era delgado, cetrino, con los ojos grises y penetrantes y la voz ronca, porque, según decían, tuvo de pequeño el "garrotillo". Donato solía silbarnos al atardecer, para que bajáramos al río. Nosotros salíamos en silencio, por la puerta de atrás: las escalerillas de la cocina iban a parar al huerto. Luego, saltábamos el muro de piedras y bajábamos corriendo el terraplén, hacia los juncos. Allí estaba el río, el gran amigo de nuestra infancia.

El río bajaba con una voz larga, constante, por detrás del muro de piedras. En el río había pozas hondas, oscuras, de un verde casi negro, entre las rocas salpicadas de líquenes. Los juncos de gitano, los chopos, las culebras, las insólitas flores amarillas y blancas, azules o rojas como soles diminutos, crecían a la orilla del río, con nombres extraños y llenos de misterio, con venenos ocultos en el tallo, según decía la voz ronca y baja de Donato:

—De ésta, si mordéis, moriréis con la fiebre metida en el estómago, como una piedra...

—De ésta, si la ponéis bajo de la almohada, no despertaréis...

—De ésta, el primo Jacinto murió a la madrugada, por haberla olido con los pies descalzos...

Así decía Donato, agachado entre los juncos, los ojillos claros como dos redondas gotas de agua, verdes y doradas a la última claridad del sol. También en el lecho del río, decía Donato, crecían plantas mágicas de las que hacer ungüentos para heridas malignas y medicinas de perros, y esqueletos de barcos enanos, convertidos en piedra.

Una cosa del río, bella y horrible a un tiempo, era la pesca de las truchas. Donato y sus hermanos (y hasta nosotros, alguna vez) se dedicaban a esta tarea. Debo confesar que nunca pesqué ni un barbo, pero era emocionante ver a los hijos de Maximino Fernández desaparecer bajo el agua durante unos minutos inquietantes, y salir al cabo con una trucha entre los dientes o en las manos, brillando al sol y dando coletazos. Nunca comprendí aquella habilidad, que me angustiaba y me llenaba de admiración al mismo tiempo. Donato remataba las truchas degollándolas, metiendo sus dedos morenos y duros por entre las agallas. La sangre le tintaba las manos y le salpicaba la cara de motitas oscuras, y él sonreía. Luego, ponía las truchas entre hierbas, en un cestito tejido por él con los mimbres del río, e iba a vendérselas a nuestro abuelo. Nosotros no comíamos nunca truchas, sólo de verlas se nos ponía algo extraño en el estómago.

Una tarde muy fría, Donato nos llamó con su silbido habitual. Cuando nos encontramos vimos que había ido solo. Mi hermano le preguntó por los demás.

—No vinieron — dijo él —, están aún en la escuela.

Y era verdad, pues su silbido nos llamó más pronto que otras veces.

—A mí me ha echado don Germán — explicó, sonriendo de un modo un poco raro. Luego se sentó sobre las piedras. Como el tiempo estaba lluvioso y húmedo, llevaba una chaquetilla de abrigo, muy vieja, abrochada sobre el pecho con un gran imperdible.

—Cobarde, asqueroso — dijo, de pronto. Miraba al suelo y tenía los párpados oscuros y extraños, como untados de barro —. Me las pagará, me las pagará..., ¿sabéis? Me pegó con la vara: me dio así y así...

Súbitamente se quitó la chaqueta y se arremangó la camisa rota que llevaba. Tenía la espalda cruzada por unas marcas rojas y largas. A mi hermano no le gustó aquello, y se apartó. (Ya me había dado cuenta de que Donato no era demasiado amigo de mi hermano. Pero a mí me fascinaba.)

Mientras mi hermano se alejaba, saltando sobre las piedras, Donato se puso a golpear el suelo con un palo.

—Ésta es la cabeza de don Germán — dijo —. ¿Ves tú? Ésta es la sesera, y se la dejo como engrudo...

Sí que estaba furioso: se le notaba en lo blancos que se le ponían los pómulos y los labios. Sentí un escalofrío muy grande y un irresistible deseo de escucharle:

—¿Sabes? — continuó —. Está todo lleno de vino, por dentro. Todos saben que está lleno de vino, y si le abrieran saldría un chorro grande de vinazo negro...

Yo había visto a don Germán, en la iglesia, los domingos por la mañana. Gracias a estas descripciones me inspiraba un gran pavor. Me acerqué a Donato, y le dije:

—No le queráis en el pueblo...

Él me miró de un modo profundo y sonrió:

—No le queremos — respondió. Y su voz ronca, de pronto, no era una voz de niño —. ¡Tú qué sabes de esas cosas!... Mira: de sol a sol ayudando en la tierra, todo el día. Y luego, cuando parece que va mejor, está él, allí dentro, en la escuela, para matarnos.

—No, mataros no — protesté, llena de miedo.

Él sonrió.

—¡Matarnos! — repitió —. ¡Matarnos! Tiene dentro de la barriga un cementerio lleno de niños muertos.

Como Donato siempre decía cosas así yo nunca sabía si era de cuento o de veras lo que contaba. Pero él debía de entenderse, dentro de sus oscuros pensamientos. Sobre todo en aquellos momentos en que se quedaba muy quieto, como de piedra, mirando al río.

Fue cosa de una semana después que don Germán se murió de una pulmonía. Nosotros le vimos enterrar. Pasó en hombros, camino arriba, hacia el cementerio nuevo. Los muchachos que él apaleó cantaban una larga letanía, en fila tras el cadáver, dando patadas a las piedras. El eco se llevaba sus voces de montaña a montaña. A la puerta del cementerio pacía un caballo blanco, viejo y huesudo, con mirada triste. Junto a él estaba Donato, apoyado contra el muro, con los ojos cerrados y muy pálido. Era Donato el único que no le cantó al maestro muerto. Mi hermano, al verlo, me dio con el codo. Y yo sentí un raro malestar.

Desde que el maestro murió, Donato no nos llamó con su silbido peculiar. Sus hermanos venían como siempre, y con ellos bajábamos al río, a guerrear. La escuela estaba cerrada y había un gran júbilo entre la chiquillería. Como si luciera el sol de otra manera.

El río creció, porque hubo tormentas, y bajaba el agua de un color rojo oscuro.

—¿Y Donato, no viene...? — preguntaba yo (a pesar de que mi hermano decía: "Mejor si ése no viene: es como un pájaro negro".)

—Está *desvaído* — contestaba Tano, el mayor de sus hermanos. (*Desvaído* quería decir que no andaba bien del estómago.)

—No quiere comer — decía Juanita, la pequeña.

Hubo una gran tormenta. En tres días no pudimos salir de casa. Estaba el cielo como negro, de la mañana a la noche, cruzado por relámpagos. El río se desbordó, derribó parte del muro de piedras y entró el agua en los prados y el huerto del abuelo.

El último día de la tormenta, Donato se escapó, de noche, al río. Nadie le vio salir, y sólo al alba, Tano, el hermano mayor, oyó el golpe del postigo de la ventana, que Donato dejó abierta, chocando contra el muro. Vio entonces el hueco de la cama, en el lugar que correspondía a Donato. Tuvo un gran miedo y se tapó con el embozo, sin decir nada, hasta que vio lucir el sol. (Eso contó después, temblando.)

A Donato no lo encontraron hasta dos días más tarde, hinchado y desnudo, en un pueblo de allá abajo, cerca de la Rioja, a donde lo llevó el río. Pero antes que su cuerpecillo negro y agorero se halló su carta, mal escrita en un sucio cuaderno de escuela: "Le maté yo a don Germán, le mezclé en el vino la flor encarnada de la fiebre dura, la flor amarilla de las llagas y la flor de la dormida eterna. Adiós, padre, que tengo remordimiento. Me perdone Dios, que soy el asesino".

LOS ALAMBRADORES

Llegaron al pueblo apenas amaneció la primavera. Hacía un tiempo más bien frío, con largos ciclos grises sobre la tierra húmeda. El deshielo se retrasaba y el sol se hacía pegajoso, adhesivo a la piel, a través de la niebla. Los del campo andaban de mal humor, blasfemando. Seguramente no se les presentaban bien las cosas de la tierra: yo sabía que era así, cuando les oía y les veía de aquella forma. Mi abuelo me tenía prohibido llegarme al pueblo cuando notaba estas cosas en el aire — porque decía que en el aire se notaban —. Y aún, también, me lo prohibía en otras ocasiones, sin explicar el porqué. El caso es que en este tiempo, y de prohibido, me hallaba yo en la puerta de la herrería de Halcón, cuando por la carretera apareció el carro, entre la neblina.

—Cómicos — dijo el herrero Halcón, hurgándose en un diente con el dedo meñique.

Halcón era muy amigo mío, entre otras razones porque le llevaba de escondidas tabaco del abuelo. Estaba sentado a su puerta, rebuscando el sol primerizo y comiéndose un trozo de pan frotado con ajo y aliñado con un aceite espeso y verde.

—¿Qué cómicos? — dije yo.

Halcón señaló con la punta de su navaja el carro que aparecía entre la niebla. Su toldo, como una vela, blanqueaba extrañamente; parecía un barco fantasmal que avanzara por el río gris y pedregoso de la carretera, aún con escarcha en las cunetas.

Ciertamente eran cómicos. No tuvieron mucha suerte en el pueblo — el mejor para ellos era el tiempo de invierno, cuando las faenas del campo habían terminado, o la plena primavera, ya avanzada y verdecida —, pues en aquellos días no estaba nadie de humor para funciones, metido cada cual en su faena. Sólo yo, el secretario y su familia — mujer y cinco muchachos —, el ama del cura y las criadas del abuelo, que me llevaron con ellas, acudimos a la primera de las funciones. A la tercera noche, los cómicos se fueron por donde habían venido.

Pero no todos. Dos de ellos se quedaron en el pueblo. Un viejo y un muchachito, de nueve o diez años. Los dos muy morenos, muy sucios, con la carne extrañamente seca, como las estacas bajo el sol, en agosto. "Tienen la carne sin unto", oí que decía de ellos Feliciana Moreno, la jornalera más vieja de los Fuensanta, que fue a la tienda a por aceite. Acababan de pasar los cómicos, que compraron cien gramos de aceitunas negras, para comer con pan del que llevaban en el zurrón. Luego les vi sentarse en la plaza, junto a la fuente, y masticar despacio, mirando a lo lejos. Los dos con la mirada de los caminos.

—Son gitanos — dijo Halcón, pocos días después, en que pude escaparme de nuevo —. ¿Sabes tú, criatura? Son gitanos: una mala raza. Sólo de verles la frente y las palmas de las manos se les adivina el diablo.

—¿Por qué? — pregunté.

—Porque sí — contestó.

Fui a echar una ojeada al pueblo, en busca de los gitanos, y les vi sentados en los porches. El niño voceaba algo:

—¡Alambradoreees! — decía.

Por la noche, mientras cenaba aburridamente en la gran mesa del comedor, con el abuelo, oí ruidos en la cocina y se me despertó la curiosidad. Apenas terminé de comer, besé al abuelo y fingí subir a acostarme. Pero, muy al contrario, bajé a la cocina, donde Elisa, la cocinera, y las criadas, junto con el mandadero Lucas el Gallo, se reían de los alambradores, que allí se estaban. El viejo contaba algo, sentado junto a la lumbre, y el niño miraba con sus ojos negros, como dos agujeros muy profundos, el arroz que le servía Elisa en una escudilla de barro. Me acerqué silenciosamente, pegándome a la pared como yo sabía, para que nadie se fijara en mí. Elisa vertió salsa de tomate de la que quedaba en una sartén sobre el arroz blanco de la escudilla. Luego, alcanzó un vasito chato de color verde, muy hermoso, y lo llenó de vino. El vino se levantó de un golpe, dentro del vaso, hasta rebosar. Cayeron unas gotas en la mesa y la madera las chupó, como con sed. Elisa le dio una cuchara de madera al niño, y se volvió, con las manos en jarras, a escuchar al viejo. Una sonrisa muy grande le llanaba la cara. Sólo entonces puse atención en sus palabras:

—... y me dije: se acabó la vida de perro. Éste y yo nos quedamos, para arraigar en el pueblo. El padre de éste, a lo primero, dijo que no. Pero a la larga le he convencido. Yo, lo que dije: el oficio se lo enseño al muchacho, que un oficio es lo que se necesita *pa* vivir

asentao. Y él lo pensó: "bueno, abuelo: lo que *usté*
diga. Ya volveremos *pa* el invierno, a ver qué tal les
pinta a *ustés*...". Yo quiero hacer del chico un hombre,
¿saben *ustés*? No un perro de camino. No es buena esa
vida: se sale ladrón, o algo peor, por los caminos...
Aquí, se *asienta* uno. Yo quiero a mi nieto *asentao*. Que
se case, que le nazcan hijos en el pueblo... Pasan los
años sin sentir, ¿saben *ustés*?

No era verdad lo que dijo Halcón: no eran gitanos.
Porque no hablaban como los gitanos ni sabían cantar.
Pero hablaban también de un modo raro, diferente, que
a lo primero de todo no se entendía mucho. Me senté
y apoyé los codos en las rodillas, para escuchar a gusto.
Lucas el Gallo se burló del viejo:

—Será gobernador el chico, si se queda de alambra-
dor en el pueblo. Lo menos gobernador...

Las criadas se reían, pero el viejo parecía no ente-
rarse. Y si se enteraba no hacía caso, porque seguía diciendo que quería "asentarse" en el pueblo y que todos
les respetaran.

—Lo único que pide uno: que le den trabajo, sin
molestar a nadie. Que uno se salga a la vida con su trabajo de uno...

El niño arrebañaba el fondo de la escudilla, cuando
el viejo le dio ligeramente con el cayado en los riñones.
El niño saltó como un rayo, limpiándose la boca con el
revés de la mano.

—Arrea, Caramelo — le dijo el viejo. Y las criadas
se rieron también, al saber que el chico se llamaba Caramelo.

Les dieron dos calderos y una sartén para arreglar.
El viejo dijo:

—Como nuevos, mañana.

Cuando se fueron, Elisa fingió descubrir mi presencia y se santiguó:

—¡A estas horas andan las golondrinas sueltas...! ¡A estas horas! ¡Como el rayo, a la cama, o bajará el amo atronándonos!

Yo subí tal como ella dijo, a zambullirme en las sábanas.

Al día siguiente los alambradores trajeron todos los cacharros. Y era verdad que estaban como nuevos: yo les pasé los dedos por las soldaduras. Y, además, los habían pulido: brillaban como oro. Elisa les pagó y les dio comida, otra vez.

—¿Y cómo anda el trabajo? —les preguntó—. ¿Hay muchos clientes en el pueblo?

—Ninguno — dijo el viejo —. Bueno: ya llegarán...

—¿Dónde dormisteis?

El viejo fingió no oír su última pregunta y se salió de allí, con el niño. Cuando no podían oírla, Elisa dijo con el aire triste y grande que ponía para hablar de los hombres que fueron a la guerra, de las tormentas, de los niños muertos:

—No encontraron trabajo, no encontrarán. En el pueblo no caen bien los forasteros, cuando son pobres.

Eso me dolió. Y dos días después, que me escapé a la herrería, le dije a Halcón, para tranquilizarme:

—¿Por qué no encuentran trabajo los alambradores? Dice Elisa que lo hacen muy bien.

Halcón escupió en el suelo y los ojos le relampaguearon:

—¡Qué saben los gurriatos de las cosas de los hombres! ¡A callar, los que no saben!

—Dime por qué, Halcón, y así sabré.

—Porque son gitanos. Son mala raza de gitanos ladrones y asesinos. En este pueblo de Santa Magdalena y de San Roque, con nuestra reliquia en el altar del Santo, no caben razas del diablo. Nadie les dará nada. Porque yo te digo, y verás cómo acierto: ésos harán una picardía gorda y los tendremos que echar.

—Puede que no... — dije. Me acordaba de la espalda del chico Caramelo, con sus huesecillos como alones, al través de la ropa, y lo sentía.

—Será, será. Ya verás tú, inocente, como será.

A los alambradores los vi por la calle de las Dueñas, golpeando una lata con una piedra y gritando:

—¡Alambradoreees! — a través de la neblina dulce de la mañana.

Luego, al mediodía, entraron en la tienda, y pidieron aceite de fiado.

—No se fía — les dijeron.

Salieron en silencio, otra vez, hacia la fuente. Les vi cómo bebían agua y enfilaban luego hacia la calle del Osario, gritando:

—¡Alambradoreees!

Oírles me dejaba una cosa ácida en el paladar, y le pedí a Elisa:

—Busca todos los cacharros viejos que tengas, para que los arreglen los alambradores...

—Criatura: todos los arreglaron. Los que lo necesitaban y los que no. ¿Qué puedo yo hacer?

Nada. Nada podía hacer nadie. Estaba visto. Porque a la tarde del domingo, estando yo en los porches curioseando entre los burros y los carritos de los quincalleros (entre cintas de seda, relojitos de hojalata, anillos con retratos de soldados a todo color, puntillas blancas, piezas de pana marrón, peines azules y alfileres de colores) oí la algarabía y salí a la carretera.

Dos mujeres y una pandilla de chiquitos perseguían, gritando, vociferando, a los alambradores. Había en la tarde, que ya se presentaba cálida y con sol, una extraña polvareda azul, un revoloteo de plumas negras, unas piedras lanzadas con furia, como palabras, hacia aquella espalda de huesecillos como alones.

—¡La peste, la peste de gentuza! ¡Me robaron a la *Negrita*! ¡Me la robó el golfo del pequeño, a mi *Negrita*! ¡La llevaba escondida debajo de la chaqueta, a mi *Negrita*...!

La *Negrita* cacareaba, a medio desplumar, con sus ojos redondos de color de trigo, envuelta en el delantal de la Baltasara. Los chiquillos recogían piedras de la cuneta, con un gozo muy grande. A uno, que llamaban el Buque, al inclinarse al suelo a por un canto muy grande, le caía un hilo de babilla por la boca abierta.

Corrí, para verles cómo se iban: de prisa, con un trotecillo menudo, arrimándose a la roca (como yo a la pared, cuando no quería que se me viera). El chaval se volvió dos veces, con sus ojos negros, como agujeros muy hondos. Luego, traspusieron el recodo, a todo correr. Caramelo llevaba los brazos levantados por encima de la cabeza y la espalda temblando, como un pájaro en invierno.

LA CHUSMA

Procedían todos de otras tierras y en el pueblo les llamaban "la chusma". Hacía poco que se explotaban las minas de las vertientes de Laguna Grande, y aquellas gentes mineras invadieron el pueblo. Eran en su mayoría familias compuestas de numerosos hijos, y vivían en la parte vieja del pueblo, en pajares habilitados primariamente: arracimados, chillones, con fama de pendencieros. En realidad eran gentes pacíficas, incluso apáticas, resignadas. Excepto el día de paga, en el que se iban a la taberna del Guayo, a la del Pinto o a la de María Antonia Luque, con el dinero fresco, y donde se emborrachaban y acababan a navajazos,

Ellos, naturalmente, se pasaban el día en los pozos o en el lavadero de la mina. Mientras, sus mujeres trajinaban afanosamente bajo el sol o la lluvia, rodeadas de niños de todas las edades; o porfiaban con el de la tienda para que les fiase el aceite, las patatas o el pan; o lavaban en el río, a las afueras, en las pozas que se formaban bajo el puente romano; o lloraban a gritos cuando cualquier calamidad les afligía. Esto último, con bastante frecuencia.

Entre los de la "chusma" había una familia llamada

los "Galgos". No eran diferentes a los otros, excepto, quizá, en que, por lo general, el padre no solía emborracharse. Tenían nueve hijos, desde los dos hasta los dieciséis años. Los dos mayores, que se llamaban Miguel y Félix, también empleados en la mina. Luego, les seguía Fabián, que era de mi edad.

No sé, realmente, cómo empezó mi amistad con Fabián. Quizá porque a él también le gustaba rondar por las tardes, con el sol, por la parte de la tapia trasera del cementerio viejo. O porque amaba los perros vagabundos, o porque también coleccionaba piedras suavizadas por el río: negras, redondas y lucientes como monedas de un tiempo remoto. El caso es que Fabián y yo solíamos encontrarnos, al atardecer, junto a la tapia desconchada del cementerio, y que platicábamos allí tiempo y tiempo. Fabián era un niño muy moreno y pacífico, de pómulos anchos y de voz lenta, como ululante. Tosía muy a menudo, lo que a mí no me extrañaba, pero un día una criada de casa de mi abuelo, me vio con él y me chilló:

—¡Ándate con ojo, no te peguen la dolencia...! ¡Que no se entere tu abuelo!

Con esto, comprendí que aquella compañía estaba prohibida, y que debía mantenerla oculta.

Aquel invierno se decidió que siguiera en el campo, con el abuelo, lo que me alegraba. En parte porque no me gustaba ir al colegio, y en parte porque la tierra tiraba de mí de un modo profundo y misterioso. Mi rara amistad con Fabián continuó, como en el verano. Pero era el caso que sólo fue una amistad "de hora de la siesta", y que el resto del día nos ignorábamos.

En el pueblo no se comía más pescado que las truchas del río, y algún barbo que otro. Sin embargo, la

víspera de Navidad, llegaban por el camino alto unos
hombres montados en unos burros y cargados con
grandes banastas. Aquel año los vimos llegar entre la
nieve. Las criadas de casa salieron corriendo hacia ellos,
con cestas de mimbre, chillando y riendo como tenían
por costumbre para cualquier cosa fuera de lo corriente. Los hombres del camino traían en las banastas
— quién sabía desde dónde — algo insólito y maravilloso en aquellas tierras: pescado fresco. Sobre todo,
lo que maravillaba eran los besugos, en grandes canti-
dades, de color rojizo dorado, brillando al sol entre la
nieve, en la mañana fría. Yo seguía a las criadas saltando y gritando como ellas. Me gustaba oír sus regateos,
ver sus manotazos, las bromas y las veras que se llevaban con aquellos hombres. En aquellas tierras, tan lejanas del mar, el pescado era algo maravilloso. Y ellos
sabían que se gustaba celebrar la Nochebuena cenando
besugo asado.

—Hemos vendido el mayor besugo del mundo —dijo
entonces uno de los pescaderos —. Era una pieza como
de aquí allá. ¿Sabéis a quién? A un minero. A una de
esas negras ratas, ha sido.

—¿A quién? — preguntaron las chicas, extrañadas.

—A uno que llaman el "Galgo"—contestó el otro—.
Estaba allí, con todos sus hijos alrededor. ¡Buen festín
tendrán esta noche! Te juro que podría montar en el
lomo del besugo a toda la chiquillería, y aún sobraría
la cola.

—¡Anda con los "Galgos"! — dijo Emiliana, una de
las chicas —. ¡Esos muertos de hambre!

Yo me acordé de mi amigo Fabián. Nunca se me hubiera ocurrido, hasta aquel momento, que podía pasar
hambre.

Aquella noche el abuelo invitaba a su mesa al médico del pueblo, porque no tenía parientes y vivía solo. También venía el maestro, con su mujer y sus dos hijos. Y en la cocina se reunían lo menos quince familiares de las chicas.

El médico fue el primero en llegar. Yo le conocía poco y había oído decir a las criadas que siempre estaba borracho. Era un hombre alto y grueso, de cabello rojizo y dientes negros. Olía mucho a colonia y vestía un traje muy rozado, aunque se notaba recién sacado del arca, pues olía a alcanfor. Sus manos eran grandes y brutales y su voz ronca (las criadas decían que del aguardiente). Todo el tiempo lo pasó quejándose del pueblo, mientras el abuelo le escuchaba como distraído. El maestro y su familia, todos ellos pálidos, delgados y muy tímidos, apenas se atrevían a decir palabra.

Aún no nos habíamos sentado a la mesa cuando llamaron al médico. Una criada dio el recado, aguantándose las ganas de reír.

—Señor, que, ¿sabe usted?, unos que les dicen "los Galgos"... de la chusma ésa de mineros, pues señor, que compraron besugo *pa* cenar, y que al padre le pasa algo, que se ahoga... ¿sabe usted? Una espina se ha tragado y le ha quedado atravesada en la garganta. Si podrá ir, dicen, don Amador...

Don Amador, que era el médico, se levantó de mala gana. Le habían estropeado el aperitivo, y se le notaba lo a regañadientes que se echó la capa por encima. Le seguí hasta la puerta, y vi en el vestíbulo a Fabián, llorando. Su pecho se levantaba, lleno de sollozos.

Me acerqué a él, que al verme me dijo:

—Se ahoga padre, ¿sabes?

Me dio un gran pesar oírle. Les vi perderse en la

oscuridad, con su farolillo de tormentas, y me volví al comedor, con el corazón en un puño.

Pasó mucho rato y el médico no volvía. Yo notaba que el abuelo estaba impaciente. Al fin, de larga que era la espera, tuvimos que sentarnos a cenar. No sé por qué, yo estaba triste, y parecía que también había tristeza a mi alrededor. Por otra parte, de mi abuelo no se podía decir que fuese un hombre alegre ni hablador, y del maestro aún se podía esperar menos.

El médico volvió cuando iban a servir los postres. Estaba muy contento, coloreado y voceador. Parecía que hubiese bebido. Su alegría resultaba extraña: era como una corriente de aire que se nos hubiera colado desde alguna parte. Se sentó y comió de todo, con voracidad. Yo le miraba y sentía un raro malestar. También mi abuelo estaba serio y en silencio, y la mujer del maestro miraba la punta de sus uñas como con vergüenza. El médico se sirvió varias veces vino de todas clases y repitió de cuantos platos había. Ya sabíamos que era grosero, pero hasta aquel momento procuró disimularlo. Comía con la boca llena y parecía que a cada bocado se tragase toda la tierra. Poco a poco se animaba más y más, y, al fin, explicó:

—Ha estado bien la cosa. Esos "Galgos"... ¡Ja, ja, ja!

Y lo contó. Dijo:

—Estaban allí, todos alrededor, la familia entera, ¡malditos sean! ¡Chusma asquerosa! ¡Así revienten! ¡Y cómo se reproducen! ¡Tiña y miseria, a donde van ellos! Pues estaban así: el "Galgo", con la boca de par en par, amoratado... Yo, en cuanto le vi la espina, me dije: "Ésta es buena ocasión". Y digo: "¿Os acordáis que me debéis doscientas cincuenta pesetas?" Se que-

daron como el papel. "Pues hasta que no me las pa-
guéis no saco la espina." ¡Ja, ja!

Aún contó más. Pero yo no le oía. Algo me subía
por la garganta, y le pedí permiso al abuelo para re-
tirarme.

En la cocina estaban comentando lo del médico.

—¡Ay, pobrecillos! — decía Emiliana —. Con esta
noche de nieve, salieron los chavales de casa en casa,
a por las pesetas...

Lo contaron los hermanos de Teodosia, la cocinera,
que acababa de llegar para la cena, aún con nieve en
los hombros.

—El mala entraña, así lo ha tenido al pobre "Galgo", con la boca abierta como un capazo, qué sé yo el
tiempo...

—¿Y las han reunido? — preguntó Lucas, el aparcero mayor.

El hermano pequeño de Teodosia asintió:

—Unos y otros... han ido recogiendo...

Salí con una sensación amarga y nueva. Aún se oía
la voz de don Amador, contando su historia.

Era muy tarde cuando el médico se fue. Se había
emborrachado a conciencia y al cruzar el puente, sobre
el río crecido, se tambaleó y cayó al agua. Nadie se
enteró ni oyó sus gritos. Amaneció ahogado, más allá
de Valle Tinto, como un tronco derribado, preso entre
unas rocas, bajo las aguas negruzcas y viscosas del
Agaro.

LOS CHICOS

Eran sólo cinco o seis, pero así, en grupo, viniendo carretera adelante, se nos antojaban quince o veinte. Llegaban casi siempre a las horas achicharradas de la siesta, cuando el sol caía de plano contra el polvo y la grava desportillada de la carretera vieja, por donde ya no circulaban camiones ni carros, ni vehículo alguno. Llegaban entre una nube de polvo, que levantaban sus pies, como las pezuñas de los caballos. Los veíamos llegar, y el corazón nos latía de prisa. Alguien, en .voz baja, decía: "¡Que vienen los chicos...!" Por lo general, nos escondíamos para tirarles piedras, o huíamos.

Porque nosotros temíamos a los chicos como al diablo. En realidad, eran una de las mil formas del diablo, a nuestro entender. Los chicos harapientos, malvados, con los ojos oscuros y brillantes como cabezas de alfiler negro. Los chicos descalzos y callosos, que tiraban piedras de largo alcance, con gran puntería, de golpe más seco y duro que las nuestras. Los que hablaban un idioma entrecortado, desconocido, de palabras como pequeños latigazos, de risas como salpicaduras de barro. En casa nos tenían prohibido terminantemente entablar relación alguna con esos chicos. En realidad, nos tenían prohibido salir del prado, bajo ningún pretexto. (Aunque nada había tan tentador, a nuestros ojos, como saltar el muro de piedras y bajar al río, que, al otro lado, huía verde y oro, entre los juncos y los chopos.) Más allá, pasaba la carretera vieja, por donde llegaban casi siempre aquellos chicos distintos, prohibidos.

Los chicos vivían en los alrededores del Destacamento Penal. Eran los hijos de los presos del Campo, que redimían sus penas en la obra del pantano. Entre sus madres y ellos habían construido una extraña aldea de chabolas y cuevas, adosadas a las rocas, porque no se podían pagar el alojamiento en la aldea, donde, por. otra parte, tampoco eran deseados. "Gentuza, ladrones, asesinos...", decían las gentes del lugar. Nadie les hubiera alquilado una habitación. Y tenían que estar allí. Aquellas mujeres y aquellos niños seguían a sus presos, porque de esta manera vivían del jornal, que, por su trabajo, ganaban los penados.

Para nosotros, los chicos eran el terror. Nos insultaban, nos apedreaban, deshacían nuestros huertecillos de piedra y nuestros juguetes, si los pillaban sus manos. Nosotros los teníamos por seres de otra raza, mitad monos, mitad diablos. Sólo de verles nos venía un temblor grande, aunque quisiéramos disimularlo.

El hijo mayor del administrador era un muchacho de unos trece años, alto y robusto, que estudiaba el bachillerato en la ciudad. Aquel verano vino a casa de vacaciones, y desde el primer día capitaneó nuestros juegos. Se llamaba Efrén y tenía unos puños rojizos, pesados como mazas, que imponían un gran respeto. Como era mucho mayor que nosotros, audaz y fanfarrón, le seguíamos a donde él quisiera.

El primer día que aparecieron los chicos de las chabolas, en tropel, con su nube de polvo, Efrén se sorprendió de que echáramos a correr y saltáramos el muro en busca de refugio.

—Sois cobardes — nos dijo —. ¡Ésos son pequeños!

No hubo forma de convencerle de que eran otra cosa: de que eran algo así como el espíritu del mal.

—Bobadas — dijo. Y sonrió de una manera torcida y particular, que nos llenó de admiración.

Al día siguiente, cuando la hora de la siesta, Efrén se escondió entre los juncos del río. Nosotros esperábamos, ocultos detrás del muro, con el corazón en la garganta. Algo había en el aire que nos llenaba de pavor. (Recuerdo que yo mordía la cadenilla de la medalla y que sentía en el paladar un gusto de metal raramente frío. Y se oía el canto crujiente de las cigarras entre la hierba del prado.) Echados en el suelo, el corazón nos golpeaba contra la tierra.

Al llegar, los chicos escudriñaron hacia el río, por ver si estábamos buscando ranas, como solíamos. Y para provocarnos empezaron a silbar y a reír de aquella forma de siempre, opaca y humillante. Ése era su juego: llamarnos, sabiendo que no apareceríamos. Nosotros seguimos ocultos y en silencio. Al fin, los chicos abandonaron su idea y volvieron al camino, trepando terraplén arriba. Nosotros estábamos anhelantes y sorprendidos, pues no sabíamos lo que Efrén quería hacer.

Mi hermano mayor se incorporó a mirar por entre las piedras y nosotros le imitamos. Vimos entonces a Efrén deslizarse entre los juncos como una gran culebra. Con sigilo trepó hacia el terraplén, por donde subía el último de los chicos, y se le echó encima.

Con la sorpresa, el chico se dejó atrapar. Los otros

ya habían llegado a la carretera y cogieron piedras, gritando. Yo sentí un gran temblor en las rodillas, y mordí con fuerza la medalla. Pero Efrén no se dejó intimidar. Era mucho mayor y más fuerte que aquel diablillo negruzco que retenía entre sus brazos, y echó a correr arrastrando a su prisionero hacia el refugio del prado, donde le aguardábamos. Las piedras caían a su alrededor y en el río, salpicando de agua aquella hora abrasada. Pero Efrén saltó ágilmente sobre las posaderas, y arrastrando al chico, que se revolvía furiosamente, abrió la empalizada y entró con él en el prado. Al verlo perdido, los chicos de la carretera dieron media vuelta y echaron a correr, como gazapos, hacia sus chabolas.

Sólo de pensar que Efrén traía a una de aquellas furias, estoy segura de que mis hermanos sintieron el mismo pavor que yo. Nos arrimamos al muro, con la espalda pegada a él, y un gran frío nos subía por la garganta.

Efrén arrastró al chico unos metros, delante de nosotros. El chico se revolvía desesperado e intentaba morderle las piernas, pero Efrén levantó su puño enorme y rojizo, y empezó a golpearle la cara, la cabeza y la espalda. Una y otra vez, el puño de Efrén caía, con un ruido opaco. El sol brillaba de un modo espeso y grande, sobre la hierba y la tierra. Había un gran silencio. Sólo oíamos el jadeo del chico, los golpes de Efrén y el fragor del río, dulce y fresco, indiferente, a nuestras espaldas. El canto de las cigarras parecía haberse detenido. Como todas las voces.

Efrén estuvo mucho rato golpeando al chico con su gran puño. El chico, poco a poco, fue cediendo. Al fin, cayó al suelo de rodillas, con las manos apoyadas

en la hierba. Tenía la carne oscura, del color del barro
seco, y el pelo muy largo, de un rubio mezclado de
vetas negras, como quemado por el sol. No decía nada y
se quedó así, de rodillas. Luego, cayó contra la hierba,
pero levantando la cabeza, para no desfallecer del todo.
Mi hermano mayor se acercó despacio, y luego nosotros.

Parecía mentira lo pequeño y lo delgado que era.
"Por la carretera parecían mucho más altos", pensé.
Efrén estaba de pie a su lado, con sus grandes y ma-
cizas piernas separadas, los pies calzados con gruesas
botas de ante. ¡Qué enorme y brutal parecía Efrén en
aquel momento!

—¿No tienes aún bastante? — dijo en voz muy baja,
sonriendo. Sus dientes, con los colmillos salientes, bri-
llaron al sol —. Toma, toma...

Le dio con la bota en la espalda. Mi hermano mayor
retrocedió un paso y me pisó. Pero yo no podía moverme: estaba como clavada en el suelo. El chico se llevó
la mano a la nariz. Sangraba, no se sabía si de la boca
o de dónde.

Efrén nos miró.

—Vamos — dijo —. Ése ya tiene lo suyo.

Y le dio con el pie otra vez.

—¡Lárgate, puerco! ¡Lárgate en seguida!

Efrén se volvió, grande y pesado, despacioso, hacia
la casa. Muy seguro de que le seguíamos.

Mis hermanos, como de mala gana, como asustados,
le obedecieron. Sólo yo no podía moverme, no podía,
del lado del chico. De pronto, algo raro ocurrió dentro
de mí. El chico estaba allí, tratando de incorporarse,
tosiendo. No lloraba. Tenía los ojos muy achicados, y
su nariz, ancha y aplastada, vibraba extrañamente. Es-

taba manchado de sangre. Por la barbilla le caía la sangre, que empapaba sus andrajos y la hierba. Súbitamente me miró. Y vi sus ojos de pupilas redondas, que no eran negras sino de un pálido color de topacio, transparentes, donde el sol se metía y se volvía de oro. Bajé los míos, llena de una vergüenza dolorida.

El chico se puso en pie, despacio. Se debió herir en una pierna, cuando Efrén lo arrastró, porque iba cojeando hacia la empalizada. No me atreví a mirar su espalda, renegrida y desnuda entre los desgarrones. Sentí ganas de llorar, no sabía exactamente por qué. Únicamente supe decirme: "Si sólo era un niño. Si era nada más que un niño, como otro cualquiera".

CAMINOS

En el pueblo los llamaban los Francisquitos, por alguna extraña razón que ya nadie recordaba, pues él se llamaba Damián y ella Timotea. Se les tenía aprecio y algo de lástima, porque eran buenos, pobres y estaban solos. No tenían hijos, por más que ella subió tres veces a la fuente milagrosa, a beber el agua de la maternidad, e hizo cuatro novenas a la santa con el mismo deseo. Labraban una pequeña tierra, detrás del cementerio viejo, que les daba para vivir, y tenían como única fortuna un hermoso caballo rojo, al que llamaban "Crisantemo". Muchas veces, los Francisquitos sonreían mirando a "Crisantemo", y se decían:

—Fue una buena compra, Damián.

—Buena de veras — decía él —. Valió la pena el sacrificio. Sabes, mujer, aunque la tierra no dé más que *pa* mal vivir, el "Crisantemo" es siempre un tiro cargado. Entiendes lo que quiero decir, ¿no?

—Sé — respondía ella —. Sé muy bien, Damián. Es un empleo que le dimos a los ahorros.

"Crisantemo" era el fruto de una buena cosecha de centeno. Nunca pudieron ahorrar, hasta entonces. Cierto que apretaron el cinturón y se privaron del vino (y

hasta el Damián de su tabaco). Pero se tuvo al "Crisantemo", que daba gloria de ver. Nemesio, el juez,
que tenían en la aldea por hombre rico — más de cien
cabezas de ganado y tierras en Pinares, Huesarés y
Lombardero —, le dijo, señalando la caballería con el
dedo:

—Buen caballo, Francisquito, buen caballo.

Alguna proposición tuvo de compra. Pero, aunque
la tentación era fuerte — se presentó un invierno duro,
dos años después —, los Francisquitos lo pensaron bien
y mejor. Lo hablaron a la noche, ya recogidos los platos, junto a la lumbre.

—Que no se vende.

—Que no.

Precisamente a la salida de aquel invierno ocurrió
lo del muchacho. Ya habían roto los deshielos y empezaba el rosario de caminantes, vagabundos, cómicos,
cantarines y pillos. Los Francisquitos tenían su casa en
las afueras, junto a la carretera. Por allí veían pasar a
los caminantes, y con ellos, un buen día, llegaron los de
la guitarra, con Barrito.

Barrito era un niño de unos diez años, pequeño y
esmirriado, sucio y lleno de piojos, como su hermano
mayor. Su padre, si lo era, que los Francisquitos nunca
lo creyeron (¿cómo iba a portarse así un padre?), iba
de caminos, con los dos chavales, tocando la guitarra.
Una mujer les acompañaba, arrugada y descalza, que
desde luego no era la madre. ("¿Cómo va a ser la madre, Dios...?")

El padre tocaba la guitarra para que los niños bai-
laran. Sus harapos flotaban al compás de la música, los
bracitos renegridos al aire, como un arco, sobre las cabezas. Los pies descalzos danzaban sobre la tierra aún

húmeda, sobre las losas y los cantos erizados: como piedrecillas, también, rebotando contra el suelo.

La Francisquita los vio cuando venía de la tienda. Estuvo mirándoles, seria y pensativa, y rebuscó en el delantal un realín del cambio. Lo besó y se lo dio.

Cuando llegó a su casa, se dio a pensar mucho rato en los muchachos. Sobre todo en el pequeño, en sus ojos de endrina, que se clavaban como agujas. "Hijos", se decía. A Damián, comiendo, le habló de los niños:

—Da congoja verles. No sé cómo se puede hacer eso con un niño. Marcados iban de golpes, y me dijo la Lucrecia: "A éstos, por la noche, su padre les pregunta: ¿Qué queréis, panecillo o real? Los niños dicen: real, padre. Les da un real, y al despertar por la mañana les vuelve a decir: el que quiera panecillo, que pague un real". Así, dicen que hace. La Lucrecia les conoce. Dice que estuvieron el año pasado en Hontanar, cuando ella fue allí a moler el trigo.

A la tarde, ocurrió la desgracia. Pasó un carro junto a la casa de los Francisquitos, y ellos oyeron los gritos y las blasfemias. En la cuneta dormitaban los de la guitarra, y el pequeño Barrito, que salió a buscar alguna cosa, le pilló allí, de sopetón. La rueda le pasó por el pie derecho: un piececito sucio, calloso, como otras piedra del camino. Los Francisquitos acudieron asustados. El pobre Barrito apretaba la boca, para no llorar, y miraba hacia lo alto con su mirada negra y redonda de pájaro, que había llegado al corazón de Timotea. La sangre manchaba la tierra. El padre y la mujer blasfemaban, y el hermano se había quedado en la cuneta, sentado, mirando con la boca abierta.

—¡Menos gritos y buscad al médico! —dijo el carretero.

Los de la guitarra proferían una extraña salmodia de lamentos e insultos, sin hacer nada. Barrito miraba fijamente a Timotea, y la mujer sintió como un tirón dentro, igual que años atrás, cuando iba a la fuente milagrosa.

—Cógelo, Damián. Llévalo a casa.

Los Francisquitos lo llevaron a su casa y llamaron al médico. Los de la guitarra no aparecieron en todo el día.

El médico curó al niño. La Timotea lo lavó, lo peinó y le dio comida. El niño, callado, se aguantó el dolor en silencio y comió con voracidad.

Al día siguiente los de la guitarra habían desaparecido del pueblo. En un principio se pensó en seguirles, pero la Timotea habló a su marido, y éste al alcalde.

—Damián, vamos a quedarnos a Barrito.

—¿Y eso, mujer?

—Más a gusto trabajará en nuestra tierra que de caminos. ¡No tenemos hijos, Damián!

El alcalde se rascó la cabeza, cuando se lo dijeron. Al fin, se encogió de hombros:

—Mejor es así, Francisquita, mejor es así. Pero si un día le reclaman...

—Sea lo que Dios quiera — dijo ella.

—Sea — dijo el alcalde.

Y se quedaron con Barrito.

Pasó el tiempo y nadie le vino a reclamar. Barrito era un niño callado, como si no pudiera quitarse del todo su aire triste, huraño y como amedrentado. Los Francisquitos le tenían como hijo de verdad, del corazón. Barrito aprendió a trabajar. Ayudaba a Damián a sostener el arado e iba con Timotea a cavar, con su pequeña azada al hombro. En seguida aprendió de simientes y de riegos, de tierra buena y mala, de piedras, árboles y pájaros. Barrito era dócil, ciertamente. Escuchaba en silencio a los Francisquitos, cuando le hablaban, y obedecía. A veces, Timotea hubiera querido verlo más cariñoso, y le decía a su marido:

—Sólo un pero tiene el niño, Damián: que no creo que nos tenga amor. Es bueno, eso sí. Y obediente. Porque agradecido sí parece. ¡Ay, Damián!, pero cariñoso no, cariño no le despertamos.

Damián liaba un cigarrillo, despacio.

—Mujer — decía —, mujer, ¿qué más quieres?

También Barrito estaba orgulloso de "Crisantemo". Cuando le llevaba a beber al gamellón, carretera delante, a la entrada del bosque. Cuando le llevaba a la leña. Cuando le llevaba a la tierra. Sólo por "Crisantemo" se le vio sonreír, con dientes menudos y cariados, una vez que le dijo el juez, viéndole pasar:

—Buen caballo tenéis, Barrito.

Barrito cumplió catorce años. Francisquito le enseñó, paciente, durante las noches de invierno, a leer y a escribir. Y también algo de cuentas.

Fue en el verano cuando empezó el mal. Barrito no se quejaba nunca, pero le notaron el defecto. Barrito perdía la vista. Poco a poco primero, rápidamente después. El médico le miró mucho, y al fin dijo:

—Esto se tiene que operar, o quedará ciego.

Los Francisquitos regresaron tristes a casa. A Timotea le caía una lágrima por la nariz abajo, y se la refrotó con el pañuelo.

No tenían dinero. La operación era difícil, cara, y debían, además, trasladarse a la ciudad. Y luego no sólo era la operación, sino todo lo que tras ella vendría...

—Gastos, muchos gastos — decía Timotea.

Estaban sentados a la lumbre, hablando bajo. Allí al lado dormía Barrito, únicamente separado de ellos por la cortina de arpillera.

Barrito oyó el susurro de las voces, y se incorporó.

—Mujer —decía entonces Damián—. Ya te dije una vez que el "Crisantemo" era un tiro cargado. Tú sabes bien quién se lo quedará a ojos ciegas...

—El juez — dijo Timotea, con voz temblorosa.

—El juez — repitió Damián —. Anda, mujer: seca esos ojos. Al fin y al cabo, pa eso teníamos al "Crisantemo"...

—Así es — dijo Timotea —. Así es. Lo único que siento, que le dará un mal trato. Ya sabes cómo es: no tiene aprecio a nada. Sólo capricho... En cuanto se canse, sabe Dios a qué gitano lo venderá.

—Mujer, no caviles eso. Lo primero es la vista de Barrito.

—Eso sí: lo primero, los ojos del niño.

Barrito se echó de nuevo. Sus ojos negros y redondos, como las endrinas de los zarzales, estaban fijos y quietos en la oscuridad.

Al día siguiente Barrito se levantó más tarde. No le dijeron nada, pues le trataban como a enfermo. Barrito desayunó despacio leche y pan, junto a la lumbre. Luego, se volvió a Timotea, y dijo:

—Madre, me dé los ramales, que le voy a por leña.

—No hace falta, hijo. No vas a ir ahora... ¡Loca estaría!

—Madre — dijo Barrito —. No me prive de esto, Conozco el camino como mi mano. Madre, no me haga inútil tan pronto, que me duele.

Timotea sintió un gran pesar, y dijo:

—No, hijo, no. Eso no. Anda en buena hora, y ten cuidado.

Barrito sacó a "Crisantemo" del establo y lo montó. Ella lo vio ir carretera adelante, levantando polvo, hacia el sol. Se puso la mano sobre los ojos, como de pantalla, para que no la hirieran los rayos, y pensó:

—Ay, Dios, nunca me dio un beso. Este muchacho no nos quiere. Bien dicen que el cariño no se puede arrancar.

Timotea fue a la tierra, con Damián. Se llevaron la comida, y, a la vuelta, encontraron la casa vacía.

—¡Barrito! — llamaron —. ¡Barrito!

Pero Barrito y "Crisantemo" habían desaparecido. Un gran frío entró en sus corazones. Pálidos, se miraban uno a otro, sin atreverse a hablar. Así estuvieron un rato, hasta que oyeron la campana de la iglesia, dando la hora. Las nueve. En el cielo brillaban las estrellas, límpidas.

—Se fue a eso de las diez, esta mañana — dijo ella, con voz opaca.

Él no contestó.

Entonces oyeron los cascos del caballo, y salieron corriendo a la carretera.

"Crisantemo" volvía, cansado y sudoroso. Llegó y se paró frente a la puerta. Se oía, como un fuelle, su respiración fatigada. Sus ojos de cristal amarillento brillaban debajo de la luna, frente a ellos. "Crisantemo" volvía desnudo y solo.

LA FIESTA

Era hija de una de las criadas del alcalde y de un mal carbonero, de esos que van de prohibido por los bosques, destrozando árboles. El carbonero se fue, después de una riña a cuchilladas con sus compañeros, y la mujer, con la niña, volvió a casa del alcalde.

—Que me tome, por Dios — dijo la antigua criada —. Tómeme, aunque sea por la comida.

El alcalde lo pensó algo, pero, como tenía fama en el pueblo de bondadoso, se la quedó, bajo esas condiciones. A su mujer le hizo gracia la niña, que no tenía aún diez meses y que parecía robusta, muy dispuesta a la risa. Ellos no tenían hijos todavía y la niña venía a alegrar la casa.

A la niña le pusieron de nombre Eloísa, que era un bonito nombre, por la santa del día en que nació. La alcaldesa bajaba a verla a la era, cuando las faenas de la parva, donde su madre la tendía bajo un paraguas abierto, junto a la cesta de la comida y el vino.

—Eloísa, Eloísa — decía la alcaldesa, que gustaba mucho de pronunciar palabras hermosas. Le miraba las piernas al aire, la boca ensalivada, y le acariciaba la cabeza.

Cuando Eloísa ya correteaba sobre sus piernecillas cortas y vigorosas, la alcaldesa se sintió encinta. Al invierno, poco más allá de la Navidad, nació en casa del alcalde un niño largo y rojizo, que prometía ser tan buen mozo como su padre. Hubo bautizo por todo lo alto. Apadrinaron al catecúmeno el barón y la baronesa — llegados exprofeso en su tílburi pintado de rojo, desde su finca "El Endrinero" —, y hubo chocolate con bollos para los niños de la escuela. Al niño se le llamó Eleuterio Ramiro Gracián, y el mundo se borró a su alrededor para el alcalde y la alcaldesa.

Eloísa fue perdiendo puntos, día a día. Dos meses después del nacimiento de Eleuterio, Eloísa ya no podía subir al piso del ama y debía permanecer en la cocina o en el cuarto de los aperos. Si hacía buen tiempo correteaba por el huerto, oculta a los ojos de la alcaldesa de forma que no le llegaran sus gritos ni sus pisadas torpes. La madre la miraba desde la puerta, con mirada honda y pensativa, los brazos caídos a lo largo del cuerpo, atenta a las voces del piso superior:

—Calla, Eloísa, que no te oigan los amos — decía.

A Mariano, el aparcero mayor, le molestaba oírle decir aquello:

—No eres un perro, para tener amo — le decía.

Pero ella sonreía de un modo vago, y meneaba la cabeza.

Eloísa creció mucho. A los diez años parecía tener catorce. Su cuerpo era grande, sus piernas gruesas. La cabeza firme sobre el cuello macizo, los ojos azules, de un azul intenso de heliotropo. Su boca, de labios gruesos, se abría en una sonrisa constante y fija.

—Pobre muchacha — decían los de la cocina, los de la tierra, los segadores. Y también los quincalleros que entraban a tomar un vaso de vino, de pasada, por la puerta de atrás.

Eloísa hablaba despacio y poco, miraba fijamente, con bondad, y no sabía leer ni escribir. Mariano, el aparcero mayor, le decía a la madre:

—Mujer, llévala al médico. Dicen que hay uno bueno en llegando a Milanillo...

La madre callaba y miraba al suelo. Luego, se encogía de hombros, y decía:

—No tiene cura, porque no está enferma. Sólo que es inocente.

La madre de Eloísa cogió fiebres malignas. Tras dos meses de arrastrar la enfermedad, mitad en la cama, mitad de faena, la trenza arrollada con descuido y los ojos brillantes, murió al comienzo de la primavera. Luego del entierro, Mariano le dijo al alcalde:

—Mire usted, que de la chica habrá que pensar algo.

—¿Qué chica?

—De la Eloísa hablo, la hija de la difunta.

—¡Ay, ya! — dijo el alcalde —. Bueno: eso lo dices a mi mujer. Que ella lo piense.

La alcaldesa lo pensó:

—¡Ay, qué sé yo! Llena estoy de hijos. Bastante qué pensar me dan los míos, y aún habré de cavilar por los de los demás...

No caviló mucho. Eloísa no servía ni para coser ni para cocinar: era zafia, torpona, pesada. Por otra parte, pocas muchachas podían compararse con ella en cuanto a fuerza y salud. Eloísa, a sus doce años, era alta como una mujer y cargaba pesos como un hombre.

—De pastora —dijo el alcalde—. De pastora la pondremos, con las ovejas.

La mandaron al monte, y Eloísa fue feliz. Pasaba

mucho tiempo echada cara al cielo. En seguida conoció el oficio. Cierto que no hablaba con nadie, casi nunca. Pero tampoco habló mucho cuando estuvo en la casa. Bajaba al pueblo cada tres meses, y todas las semanas un zagal le subía la comida.

Pasó el tiempo. Eloísa cumplió quince años. Se abría el mes de mayo y estaban en vísperas de la fiesta del pueblo. Le tocó bajar a la casa y se estaba en la cocina, comiendo un plato de cocido, cuando entró el amo. Éste se la quedó mirando, y sonrió. Parecía contento.

—Ésta es Eloísa — dijo Manuela, una de las jornaleras.

—Ah, sí, Eloísa — contestó el amo —. ¡Qué niña te tuve entre mis brazos! ¡Y qué moza ya, cielo bendito! ¡Qué moza ya!

Le acarició el pelo y Eloísa enrojeció, sonriente.

—Ya eres una mujer — dijo el amo —. Estás en edad de novio. ¿A qué día estamos, Manuela?... A quince: dentro de cuatro, la fiesta. Tú ya estás en edad de fiestas, Eloísa.

Eloísa levantó la cabeza vivamente, y se le quedó mirando con la boca abierta.

—Mira lo que te digo, muchacha: este año bajarás a la fiesta. Sí: te bajas ya la víspera, por la noche. Tú también celebrarás el santo. ¿Te gustan las fiestas?

Eloísa estaba roja como una amapola. Afirmó levemente con la cabeza, y Manuela intervino, riéndose:

—¡Qué sabe ella de fiestas, si no vio ninguna! — dijo —. Muy niña era para acordarse ahora.

Entonces Eloísa habló. Su voz sonó clara y despaciosa extrañada:

—Sí, me acuerdo — dijo —. Me acuerdo. Venían

quincalleros y carros con melocotones. También churreros, y, sobre todo, música.

El alcalde asintió:

—Así es. Bien: tendrás danza y baile, Eloísa. ¡Malo será que no encuentres buen novio! Y, de éstas, pronto celebraremos bodas. ¡Te aseguro que te haré buenas bodas, Eloísa! Tu madre fue una buena mujer.

A Eloísa se le llenaron los ojos de lágrimas. El alcalde se fue de la cocina, y Manuela se volvió a ella con las manos en jarras:

—¡Pero chica! — dijo —. ¡Pero chica!

Y le dio en la espalda con la palma abierta, para demostrarle su contento.

Desde aquel momento empezó el sueño. Eloísa recogió su muda limpia, su zurrón, el pan, la cecina, los ajos. Se peinó despacio su trenza áspera, negra como el carbón. Se calzó las abarcas nuevas, sobre las medias de lana blanca. Todo con el ensueño dentro, como un mal viento, dulce y enemigo a un tiempo. Algo se le había colado en el pecho que le quitaba la paz. Los tres días restantes los pasó tumbada cara al cielo, con las manos llenas de piedrecillas menudas, que tiraba una a una, lejos, con una sonrisa grande y total. "Fiestas, fiestas, boda, fiestas...", pensaba. De pronto había amanecido un sol grande y punzante que la hería dentro, que terminaba con su tranquilidad, pero que abría un mundo extraño y desconocido delante de sus ojos. "Como las chicas del pueblo. Como todas las chicas del pueblo. Habrá buenas fiestas para mi boda. Cuánto me gusta la fiesta." No podía pensar en otra cosa. Nunca había pensado así en nada.

Bajó el diecinueve por al noche. Cuando llegó a la casa ya brillaban las estrellas en el cielo. Entró en la cocina colorada y radiante, y las criadas y Mariano la celebraron con burlas y risas de cariño.

—¡Anda, que buena moza se gana la plaza este año! — dijo Mariano, dándole vueltas a la sopa con la cuchara. Y a su salud se bebió un cuartillo de tinto oloroso.

—Te has de ganar el baïle — le dijo Margarita, la cocinera —. Mañana estará la casa de bote en bote: toda la parentela del alcalde y mil gorrones que se vienen a celebrar en esta casa la fiesta. Muchacha, has de ayudar en la cocina. Toda la tarde será tuya, pero la mañana me la empleas a mí.

Eloísa asintió.

—El baile es lo que quiero yo — dijo. Y todos se rieron.

El día amaneció cálido y brillante. Las campanas la despertaron con gran sobresalto, a eso de las seis. Subió descalza a la cocina, donde ya trajinaban las mujeres.

—¡Cúbrete, muchacha desvergonzada, que los hombres van a entrar de un momento a otro!

Con un gran contento Eloísa se fue a la pila del lavadero y se restregó con jabón y estropajo. Se vistió la muda limpia. Se miró en el espejo de las criadas, ruborizada y torpe. Sus propios ojos azules le miraban. La mañana, tal como anunció la cocinera, fue de gran trajín. Eloísa tuvo que atender a mil trabajos: acarrear agua, pelar patatas, subir cargas de leña, vigilar la hornada de panes, tortas y empanadas, fregar, recoger, llevar y traer... Luego, ayudó a servir la gran mesa instalada en la trasera de la huerta, con sus veintisiete comensales. Cierto es que la ayudaron Manuela y una hija de ésta, de catorce años, llamada Filomena, pero aun así, cuando al fin se sentaron a comer los aparceros y los de la cocina — serían alrededor de las cuatro de la tarde —, Eloísa estaba algo pálida. Así lo dijo Mariano:

—Chica, a ver si vas a estar rendida *pa* la hora del baile.

—¡Bah! — dijo la cocinera —. ¡Como si no supiera ésta de ires y venires! ¡Si anda triscando por los montes todo el día! Mujer es, y bueno es que aprenda las faenas de la casa, siquiera sea una vez al año.

—Una buena siesta en comiendo, y *pa* la hora del baile como nueva — dijo Manuela, metiéndose en la boca una gran cucharada.

Eloísa sonrió. No tenía apetito, a pesar de que el olor del caldo de fiesta le estuvo cosquilleando la nariz golosamente toda la mañana. Dentro de su·corazón, en un lugar que ella no sabía de cierto, le culebreaba una inquietud alegre y dolorosa: "El baile. Es la fiesta. Es la fiesta...". No pudo ir por la mañana a la iglesia, pues había demasiado trabajo, pero oyó las campanas, y aún le parecía que sonaban, en alguna parte.

La comida en la cocina fue ruidosa y llena de rosas. El vino corrió, y Eloísa lo probó también. Le gustó, porque aquella sensación que le naciera cuando oyó las palabras del amo hablándole de la fiesta se avivaba con él. "Ya falta poco, ya falta muy poco."

Después de comer, las mujeres recogieron los cacharros, que se apilaban en increíble cantidad junto a los fregaderos. Los hombres se tendieron en el patio, con los cigarros y el anís, los ojos cargados. Los amos hacía rato que subieron a sestear.

Eloísa tenía sueño. Tanto sueño y cansancio que la cocinera la miró y le dijo:

—Anda a echarte un rato, moza. Anda a echarte,

que ya has bregado lo tuyo y luego no podrás bailar.

—No, no — respondió Eloísa.

Pero la cocinera la empujó suavemente hacia la puerta.

—Anda, échate en mi cama. Hasta las seis no empieza la música...

Casi sin sentir se fue donde le decían. El cuarto de las criadas olía espeso, muy distinto a la choza de las montañas. Se echó vestida, encima de la cama de hierro. Se durmió .

Su sueño era grande y pesado. Un sueño de animal de bosque o de niño: de niño extraño y grande, de niño raramente prolongado a través de los años.

A las seis bajaron las mujeres a darse un toque. La vieron dormida, con el pecho suave y profundamente levantado a compás del sueño.

—*¡Dejaila!* — exclamó la cocinera —. *¡Dejaila* dormir!

Filomena, la hija de Manuela, se echó a reír.

—¡A ver cuánto duerme!

—¡A ver!

Salieron. Cuando doblaban la esquina (húmedos los cabellos tirantes, los zapatos brillando, resonando sobre el empedrado de cantos desiguales) les llegó la música de la plaza. Como un aire fresco, hasta los ojos y la frente, calientes por el vino y el trajín.

Pasó la tarde. Volvieron, fatigadas, a preparar la cena, a eso de las diez.

De pronto, Manuela se acordó de Eloísa.

—¡Virgen, la zagala!

Se miraron las muejeres, como sorprendidas. Filomena se tapó la boca para no reír. Bajó de puntillas al cuarto, y subió a poco.

—¡Que duerme aún! ¡Que está dormida!

Se quedaron un minuto en silencio. Al fin, la cocinera levantó los hombros, con gesto como resignado.

—¡*Dejaila* ya! ¡*Pa* qué...! ¡Que duerma, por lo menos!

Después de la cena volvieron al baile, que duró hasta la una de la madrugada.

A eso de las cinco se despertó Eloísa. Un claro resplandor entraba por la ventana. Se incorporó en el lecho y miró con ojos asustados a su alrededor. Tenía los párpados hinchados y enrojecidos, sobre el azul heliotropo de sus pupilas.

—Margarita... — llamó.

La cocinera dormía a su lado, con un ronquido leve.

Margarita dio un gruñido y Eloísa la zarandeó.

—Margarita... ¡que es la hora del baile! — Y sin saber por qué le temblaba la voz. La cocinera abrió un ojo y dijo, con voz áspera:

—¡Qué baile ni qué...! ¡Ya se acabó la fiesta! Estuviste durmiendo, bobalicona, toda la tarde, toda la noche... ¡Se acabó la fiesta!

Eloísa se quedó quieta, mirando a la pared. Margarita se incorporó a medias, y la miró con el rabillo del ojo.

—Anda, muchacha, no lo tomes así. Dentro de un año la fiesta vuelve. Duerme. Te queda todavía una hora.

Pero Eloísa se levantó despacio. Se calzó las abarcas, se echó el mantón por la cabeza y salió hacia su montaña.

Dos días después, el niño que le subía la collera la encontró muerta cara al cielo. Dijo el médico que fue

cosa del corazón, que andaría débil. Pero Manuela decía
a todo el mundo que le preguntaba:

—Ay, la zagala, se murió de "tristura".

EL GRAN VACÍO

R ECUERDO a Mateo Alfonso cada vez que paso por la puerta cerrada de su vivienda. Mateo Alfonso tenía una casita en propiedad, por la parte vieja del pueblo, entre pajares semiderruidos por las lluvias y el viento y casonas cuarteadas por los años, con escudos rotos a pedradas y calcinados por el sol sobre las puertas. Anidaban las golondrinas y las lagartijas entre las junturas y tras el muro de piedras caídas, ruinoso por las crecidas. En las noches de tormenta el río bajaba empinado, casi fiero, estriando el muro.

Mateo Alfonso cultivaba un huerto umbrío, con perales, ciruelos y un manzano de frutos arrugados, ásperos, que más de una vez, en nuestras correrías, íbamos a hurtarle. Mi recuerdo más lejano de Mateo Alfonso le alcanza como un anciano de estatura corta, grueso, de rostro redondo y colorado y mechones de un blanco amarillento, fosco, bajo una boina sucia.

Todo el mundo quería en el pueblo a Mateo Alfonso, por su carácter apacible, manso y sufriente. Desde hacía más de doce años tenía a su mujer paralítica, y él solo cargaba con todo el trabajo de la tierra y la casa. Solíamos verlo, a veces, sacar en brazos a su mujer hasta la puerta de la casucha, y allí cubrirla con una vieja manta. De esta forma llegaba hasta ella el calor del sol, pues el interior de la casa era húmedo y frío. Sin embargo, la mujer no agradecía nada de lo que él hacía, pagando su cariño y su paciencia con grandes gritos de cólera, e insultándole con los peores nombres que he oído, sobre reprocharle su gandulería, sus malos tratos y su torpeza, todo lo cual era falso. Porque Mateo Alfonso trabajaba de la mañana a la noche, sin descanso, y nadie lo vio jamás — en años y años — asomarse a la taberna, como no fuera para llevarse a casa, en una botella de vidrio verde, su cuartillo diario de tinto.

Mateo Alfonso era también un buen pescador. A esta tarea dedicaba, en general, los domingos, vendiendo luego al cura o al médico las truchas apresadas. Para su enferma se reservaba las de mejor tamaño, y él no las probaba nunca. También para su enferma era la miel de su colmena y la leche de su única cabra. Si sobraba un resto, lo vendía.

Mateo Alfonso, a sus ochenta y dos años, se conservaba más fuerte que muchos hombres de cincuenta. Solamente, a veces, se quejaba de reuma, que le vino de vivir junto al río, en aquella casa húmeda y oscura. Algunas mañanas se le veía a la puerta, sentado sobre una piedra, con una caña del pantalón arremangada y un vaso aplicado boca abajo contra la pantorrilla. Dentro del vaso bullían dos enfurecidas abejas, que brillaban al sol como botones de oro.

—¿Qué haces? — le preguntábamos los niños.

—Me curo el reuma — contestaba, con su voz mansa y dulce.

Cuando las abejas le picaban, Mateo Alfonso se

mordía los labios y se las arrancaba. Después, su pierna se hinchaba lentamente, y nos decía:

—Ahora, el reuma se va a hacer gárgaras.

Y se levantaba, cojeando. Quizá tuviera razón.

En los últimos años el trabajo se hacía cada vez más penoso para el viejo. Sin embargo, no dejó ni un solo día de sol de sacar a su mujer al arrimo del muro, ni de trabajar la tierra, ni de cocinar, ni de lavar en el río. Y por más que el frío desnudase los árboles y se vidriara la escarcha, el anciano seguía bajando al río, trabajosamente, con un cuenco grande lleno de ropa sucia. Se arrodillaba, torpe, sobre las piedras y lavaba la ropa, con los brazos y el rostro amoratado y el cuerpo entumecido. Volvía despacio, con los labios azulados y sus ojos redondos y mansos, de un gris transparente, llenos de pasiva tristeza. A veces, aún no había llegado a su casa y ya oía por la ventana o la puerta los gritos e insultos de su mujer:

—¡Sinvergüenza, mal hombre! ¿Dónde andarás, que dejas abandonada a tu pobre mujer...?

Él entraba. Se acercaba a ella y le acariciaba la cabeza. La calmaba como podía. Pero la vieja parecía alimentar un gran odio contra él.

—Ojalá murieses — le dijo un día —. Ojalá murieses y no tuviera que soportar más tus malos tratos. Me llevarían a un hospital, donde me cuidarían bien, y te perdería de vista.

Aquel día, Mateo Alfonso se sentó a la puerta y por primera vez le vimos llorar. (Nosotros acudíamos con frecuencia a su huertecillo, porque nos dejaba robarle las ciruelas, haciendo la vista gorda, y nos daba pan con miel de su colmena.)

—No llores, Mateo Alfonso — le dijimos. Nos causaba una gran impresión ver sus lágrimas redondas y brillantes caer sobre su camisa.

Él nos dijo, entonces:

—No lloro por mí, sino por ella, ¡pobrecilla! ¡Es muy triste su vida!

Luego se secó las lágrimas, y cogiendo la azada entró en su pequeño huerto. Nos dejó que le ayudáramos a regar, dándole a la bomba del pozo, por turnos. Al atardecer, nos dio pan con miel, y después volvimos a casa por el caminillo alto. Cuando llegamos, dijimos a la criada Acacia (que era la que sabía mejores cuentos y sucedidos) lo que habíamos visto y oído en casa de Mateo Alfonso. Ella nos escuchó con mucha atención, y luego fue a contarlo a la cocina, a las demás criadas. La seguimos, porque, mientras preparaban la cena y estaba la cocina bullente de fuego y conversación, nada nos agradaba tanto como oír las cosas que allí se contaban y descubrían:

—Muchachas, vamos a ver si no es conciencia —empezó a decir Acacia, con las manos cruzadas sobre el pecho. Y, a su vez, contó las penas de Mateo Alfonso.

—Sí — dijo la cocinera —. Ya se comenta en todo el pueblo la cruz de Mateo Alfonso. Es un santo. ¡Lo que es, el día que se muera esa víbora, va a llegarle la felicidad al pobre!

—¡Ojalá muriese esta noche! — dijo Acacia. Y luego se santiguó, como arrepentida.

Desde aquel día, también nosotros deseamos la muerte de la mujer de Mateo Alfonso. Creo que hasta rezábamos para ello, antes de acostarnos.

Y un día — finalizando ya la primavera — nos enteramos de que la vieja había muerto la tarde anterior.

—¡Qué contento estará Mateo Alfonso! — dijimos.

Y después de comer escapamos corriendo por el caminillo alto.

—Nos dará miel — decía mi hermano pequeño —. Y ciruelas.

Suponíamos encontrar fiesta en su casa. Sin embargo, la puerta estaba cerrada, y sentadas en el poyo había dos campesinas con mantones negros que no nos dejaron entrar. El viento movía las ramas del peral y traía el aroma del río, del limo y de los juncos. Nos escondimos detrás del muro, esperando a que se fueran. Pero no se fueron.

Poco después oímos cánticos, y nos subimos al muro. Vimos cómo llegaban en fila los chicos de la escuela, el cura, el monaguillo con la cruz y los hombres con las parihuelas.

A poco, sacaron el ataúd, de madera pintada de azul, en una gran cruz de cal en medio. Lo cargaron sobre las parihuelas. Detrás iba Mateo Alfonso, con el traje negro de las fiestas y la boina en la mano. Luego, las mujeres y los niños.

Cruzaron el río sobre el puente. Los vimos pasar con el corazón oprimido, a pesar de que creíamos en la felicidad de Mateo Alfonso. Se reflejaban en el agua y resonaban los cánticos de los muchachos en el hundimiento del río, como en una iglesia. Bajamos del muro y fuimos a la casa de Mateo, a esperarle. Como estaba la puerta cerrada, hubimos de aguardarle sentados en el poyo de piedra.

Volvió cuando el sol ya declinaba. Al divisarle por el camino nos pusimos de pie, para ir a su encuentro.

Mateo Alfonso se detuvo al vernos, y nos miró con sus ojos tristes de siempre, que entonces estaban hinchados y enrojecidos.

—Mateo — dijo mi hermano, algo amedrentado —, venimos a ver si nos dabas miel...

Después, callamos todos, algo desconcertados. En el rostro del viejo no había ninguna alegría

Sin decir nada abrió la puerta con una gran llave de hierro. Le seguimos y entramos en la cocina, donde aún había rescoldos. Mateo nos miró, pensativo, y al fin dijo:

—Sí — y su voz era apagada, y venía como de lejos —, os daré miel y ciruelas... Y todo, todo lo que queráis.

Sacó de la alacena un gran tarro lleno de miel, y nos lo dio. Luego, el pan y un cuchillo. Después, dijo:

—Podéis ir al huerto, coger todo lo que queráis...

Mi hermano preguntó, con tímida esperanza:

—¿Y cavar, y regar?...

—Todo, todo — dijo él. Y sonrió tristemente —. Todo lo que queráis...

Comimos pan y miel hasta que nos dio náuseas. Fuimos al huerto y cogimos ciruelas, manzanas... Luego, regamos a nuestro antojo, destrozando los surcos, manchándonos de agua y de barro.

Ya anochecido, tuvimos miedo. No se oía nada dentro de la casa. Entramos despacio y vimos a Mateo sentado junto al hogar apagado, con su traje de las fiestas aún puesto, mirando las cenizas. A su lado había un lío de ropa atada con un pañuelo. Al vernos, nos hizo señas de que nos acercáramos.

—Muchachitos — dijo —. Podéis llevaros todo lo que queráis. Podéis coger todo lo que gustéis.

No sabíamos qué hacer, y miramos alrededor.

—Me marcharé — dijo —. Ya nada tengo que hacer en esta vida. Nada.

Y por segunda vez le vimos llorar.

Nos dio pena, desconcierto y miedo. Mi hermano mayor echó a correr y nosotros le seguimos. Llegamos a casa jadeando. Pero no contamos nada a nadie.

Al día siguiente, oímos los comentarios en la cocina.

—¡Quién lo iba a creer! El pobre Mateo Alfonso ha terminado de vivir. Eso dijo: "He terminado, hermanos, he terminado. Que Dios os acompañe, que yo nada he de hacer ya en este pueblo...".

Mateo Alfonso le dio la llave de su casa al juez, y aquella misma mañana se fue a la ciudad, en el coche de línea, para ver si le querían en el Asilo de Ancianos.

BERNARDINO

SIEMPRE oímos decir en casa, al abuelo y a todas las personas mayores, que Bernardino era un niño mimado.

Bernardino vivía con sus hermanas mayores, Engracia, Felicidad y Herminia, en "Los Lúpulos", una casa grande, rodeada de tierras de labranza y de un hermoso jardín, con árboles viejos agrupados formando un diminuto bosque, en la parte lindante con el río. La finca se hallaba en las afueras del pueblo, y, como nuestra casa, cerca de los grandes bosques comunales.

Alguna vez, el abuelo nos llevaba a "Los Lúpulos", en la pequeña tartana, y, aunque el camino era bonito por la carretera antigua, entre castaños y álamos, bordeando el río, las tardes en aquella casa no nos atraían. Las hermanas de Bernardino eran unas mujeres altas, fuertes y muy morenas. Vestían a la moda antigua — habíamos visto mujeres vestidas como ellas en el álbum de fotografías del abuelo — y se peinaban con moños levantados, como roscas de azúcar, en lo alto de la cabeza. Nos parecía extraño que un niño de nuestra edad tuviera hermanas que parecían tías, por lo menos. El abuelo nos dijo:

—Es que la madre de Bernardino no es la misma madre de sus hermanas. Él nació del segundo matrimonio de su padre, muchos años después.

Esto nos armó aún más confusión. Bernardino, para nosotros, seguía siendo un ser extraño, distinto. Las tardes que nos llevaban a "Los Lúpulos" nos vestían incómodamente, casi como en la ciudad, y debíamos jugar a juegos necios y pesados, que no nos divertían en absoluto. Se nos prohibía bajar al río, descalzarnos y subir a los árboles. Todo esto parecía tener una sola explicación para nosotros:

—Bernardino es un niño mimado — nos decíamos. Y no comentábamos nada más.

Bernardino era muy delgado, con la cabeza redonda y rubia. Iba peinado con un flequillo ralo, sobre sus ojos de color pardo, fijos y huecos, como si fueran de cristal. A pesar de vivir en el campo, estaba pálido, y también vestía de un modo un tanto insólito. Era muy callado, y casi siempre tenía un aire entre asombrado y receloso, que resultaba molesto. Acabábamos jugando por nuestra cuenta y prescindiendo de él, a pesar de comprender que eso era bastante incorrecto. Si alguna vez nos lo reprochó el abuelo, mi hermano mayor decía:

—Ese chico mimado... No se puede contar con él.

Verdaderamente no creo que entonces supiéramos bien lo que quería decir estar mimado. En todo caso, no nos atraía, pensando en la vida que llevaba Bernardino. Jamás salía de "Los Lúpulos" como no fuera acompañado por sus hermanas. Acudía a la misa o paseaba con ellas por el campo, siempre muy seriecito y apacible.

Los chicos del pueblo y los de las minas lo tenían

atravesado. Un día, Mariano Alborada, el hijo de un capataz, que pescaba con nosotros en el río a las horas de la siesta, nos dijo:

—A ese Bernardino le vamos a armar una.

—¿Qué cosa? — dijo mi hermano, que era el que mejor entendía el lenguaje de los chicos del pueblo.

—Ya veremos — dijo Mariano, sonriendo despacito —. Algo bueno se nos presentará un día, digo yo. Se la vamos a armar. Están ya en eso Lucas Amador, Gracianín y el Buque... ¿Queréis vosotros?

Mi hermano se puso colorado hasta las orejas:

—No sé — dijo —. ¿Qué va a ser?

—Lo que se presente — contestó Mariano, mientras sacudía el agua de sus alpargatas, golpeándolas contra la roca —. Se presentará, ya veréis.

Sí: se presentó. Claro que a nosotros nos cogió desprevenidos, y la verdad es que fuimos bastante cobardes cuando llegó la ocasión. Nosotros no odiamos a Bernardino, pero no queríamos perder la amistad con los de la aldea, entre otras cosas porque hubieran hecho llegar a oídos del abuelo andanzas que no deseábamos que conociera. Por otra parte, las escapadas con los de la aldea eran una de las cosas más atractivas de la vida en las montañas.

Bernardino tenía un perro que se llamaba "Chu". El perro debía de querer mucho a Bernardino, porque siempre le seguía saltando y moviendo su rabito blanco. El nombre de "Chu" venía probablemente de Chucho, pues el abuelo decía que era un perro sin raza y que maldita la gracia que tenía. Sin embargo, nosotros le encontrábamos mil, por lo inteligente y simpático que era. Seguía nuestros juegos con mucho tacto y se hacía querer en seguida.

—Ese Bernardino es un pez —decía mi hermano—. No le da a "Chu" ni una palmada en la cabeza. ¡No sé cómo "Chu" le quiere tanto! Ojalá que "Chu" fuera mío...

A "Chu" le adorábamos todos, y confieso que alguna vez, con muy mala intención, al salir de "Los Lúpulos" intentamos atraerlo con pedazos de pastel o terrones de azúcar, para ver si se venía con nosotros. Pero no: en el último momento "Chu" nos dejaba con un palmo de narices, y se volvía saltando hacia su inexpresivo amito, que le esperaba quieto, mirándonos con sus redondos ojos de vidrio amarillo.

—Ese pavo... —decía mi hermano pequeño—. Vaya un pavo ése...

Y, la verdad, a qué negarlo, nos roía la envidia.

Una tarde en que mi abuelo nos llevó a "Los Lúpulos" encontramos a Bernardino raramente inquieto.

—No encuentro a "Chu" — nos dijo —. Se ha perdido, o alguien me lo ha quitado. En toda la mañana y en toda la tarde que no lo encuentro...

—¿Lo saben tus hermanas? — le preguntamos.

—No — dijo Bernardino —. No quiero que se enteren...

Al decir esto último se puso algo colorado. Mi hermano pareció sentirlo mucho más que él.

—Vamos a buscarlo — le dijo —. Vente con nosotros, y ya verás cómo lo encontraremos.

—¿A dónde? — dijo Bernardino —. Ya he recorrido toda la finca...

—Pues afuera — contestó mi hermano —. Vente por el otro lado del muro y bajaremos al río... Luego, podemos ir hacia el bosque... En fin, buscarlo. ¡En alguna parte estará!

Bernardino dudó un momento. Le estaba terminantemente prohibido atravesar el muro que cercaba "Los Lúpulos", y nunca lo hacía. Sin embargo, movió afirmativamente la cabeza.

Nos escapamos por el lado de la chopera, donde el muro era más bajo. A Bernardino le costó saltarlo, y tuvimos que ayudarle, lo que me pareció que le humillaba un poco, porque era muy orgulloso.

Recorrimos el borde del terraplén y luego bajamos al río. Todo el rato íbamos llamando a "Chu", y Bernardino nos seguía, silbando de cuando en cuando. Pero no lo encontramos.

Íbamos ya a regresar, desolados y silenciosos, cuando nos llamó una voz, desde el caminillo del bosque:

—¡Eh, tropa!...

Levantamos la cabeza y vimos a Mariano Alborada. Detrás de él estaban Buque y Gracianín. Todos llevaban juncos en la mano y sonreían de aquel modo suyo, tan especial. Ellos sólo sonreían cuando pensaban algo malo.

Mi hermano dijo:

—¿Habéis visto a "Chu"?

Mariano asintió con la cabeza:

—Sí, lo hemos visto. ¿Queréis venir?

Bernardino avanzó, esta vez delante de nosotros. Era extraño: de pronto parecía haber perdido su timidez.

—¿Dónde está "Chu"? — dijo. Su voz sonó clara y firme.

Mariano y los otros echaron a correr, con un trotecillo menudo, por el camino. Nosotros le seguimos, también corriendo. Primero que ninguno iba Bernardino.

Efectivamente: ellos tenían a "Chu". Ya a la entrada del bosque vimos el humo de una fogata, y el corazón nos empezó a latir muy fuerte.

Habían atado a "Chu" por las patas traseras y le habían arrollado una cuerda al cuello, con un nudo corredizo. Un escalofrío nos recorrió: ya sabíamos lo que hacían los de la aldea con los perros sarnosos y vagabundos. Bernardino se paró en seco, y "Chu" empezó a aullar, tristemente. Pero sus aullidos no llegaban a "Los Lúpulos". Habían elegido un buen lugar.

—Ahí tienes a "Chu", Bernardino — dijo Mariano —. Le vamos a dar *de veras*.

Bernardino seguía quieto, como de piedra. Mi hermano, entonces, avanzó hacia Mariano.

—¡Suelta al perro! — le dijo —. ¡Lo sueltas o...!

—Tú, quieto — dijo Mariano, con el junco levantado como un látigo —. A vosotros no os da vela nadie en esto... ¡Cómo digáis una palabra voy a contarle a vuestro abuelo lo del huerto de Manuel el Negro!

Mi hermano retrocedió, encarnado. También yo noté un gran sofoco, pero me mordí los labios. Mi hermano pequeño empezó a roerse las uñas.

—Si nos das algo que nos guste — dijo Mariano — te devolvemos a "Chu".

—¿Qué queréis? — dijo Bernardino. Estaba plantado delante, con la cabeza levantada, como sin miedo. Le miramos extrañados. No había temor en su voz.

Mariano y Buque se miraron con malicia.

—Dineros — dijo Buque.

Bernardino contestó:

—No tengo dinero.

Mariano cuchicheó con sus amigos, y se volvió a él:

—Bueno, por cosa que lo valga...

Bernardino estuvo un momento pensativo. Luego se desabrochó la blusa y se desprendió la medalla de oro. Se la dio.

De momento, Mariano y los otros se quedaron como sorprendidos. Le quitaron la medalla y la examinaron.

—¡Esto no! — dijo Mariano —. Luego nos la encuentran y... ¡Eres tú un mal bicho! ¿Sabes? ¡Un mal bicho!

De pronto, les vimos furiosos. Sí; se pusieron furiosos y seguían cuchicheando. Yo veía la vena que se le hinchaba en la frente a Mariano Alborada, como cuando su padre le apaleaba por algo.

—No queremos tus dineros—dijo Mariano—. ¡Guárdate tu dinero y todo lo tuyo... ¡Ni eres hombre ni *ná*!

Bernardino seguía quieto. Mariano le tiró la·medalla a la cara. Le miraba con ojos fijos y brillantes, llenos de cólera. Al fin, dijo:

—Si te dejas dar *de veras* tú, en vez del chucho...

Todos miramos a Bernardino, asustados.

—No... — dijo mi hermano.

Pero Mariano nos gritó:

—¡Vosotros a callar, o lo vais a sentir...! ¿Qué os va en esto? ¿Qué os va...?

Fuimos cobardes y nos apiñamos los tres juntos a un roble. Sentí un sudor frío en las palmas de las manos. Pero Bernardino no cambió de cara. ("Ese pez...", que decía mi hermano.) Contestó:

—Está bien. Dadme *de veras*.

Mariano le miró de reojo, y por un momento nos pareció asustado. Pero en seguida dijo:

—¡Hala, Buque...!

Se le tiraron encima y le quitaron la blusa. La carne de Bernardino era pálida, amarillenta, y se le marcaban mucho las costillas. Se dejó hacer, quieto y flemático. Buque le sujetó las manos a la espalda, y Mariano dijo:

—Empieza tú, Gracianín...

Gracianín tiró el junco al suelo y echó a correr, lo que enfureció más a Mariano. Rabioso, levantó el junco y dio *de veras* a Bernardino, hasta que se cansó.

A cada golpe mis hermanos y yo sentimos una vergüenza mayor. Oíamos los aullidos de "Chu" y veíamos sus ojos, redondos como ciruelas, llenos de un fuego dulce y dolorido que nos hacía mucho daño. Bernardino, en cambio, cosa extraña, parecía no sentir el menor dolor. Seguía quieto, zarandeado solamente por los golpes, con su media sonrisa fija y bien educada en la cara. También sus ojos seguían impávidos, indiferentes. ("Ese pez", "Ese pavo", sonaba en mis oídos.)

Cuando brotó la primera gota de sangre, Mariano se quedó con el mimbre levantado. Luego vimos que se ponía muy pálido. Buque soltó las manos de Bernardino, que no le ofrecía ninguna resistencia, y se lanzó cuesta abajo, como un rayo.

Mariano miró de frente a Bernardino.

—Puerco — le dijo —. Puerco.

Tiró el junco con rabia y se alejó, más aprisa de lo que hubiera deseado.

Bernardino se acercó a "Chu". A pesar de las marcas del junco, que se inflamaban en su espalda, sus brazos y su pecho, parecía inmune, tranquilo y altivo, como siempre. Lentamente desató a "Chu", que se lanzó a lamerle la cara, con aullidos que partían el alma. Luego, Bernardino nos miró. No olvidaré nunca la transparencia hueca fija en sus ojos de color de miel. Se alejó despacio por el caminillo, seguido de los saltos y los aullidos entusiastas de "Chu". Ni siquiera recogió su medalla. Se iba sosegado y tranquilo, como siempre.

Sólo cuando desapareció nos atrevimos a decir algo.

Mi hermano recogió la medalla del suelo, que brillaba contra la tierra.

—Vamos a devolvérsela — dijo.

Y aunque deseábamos retardar el momento de verle de nuevo, volvimos a "Los Lúpulos".

Estábamos ya llegando al muro, cuando un ruido nos paró en seco. Mi hermano mayor avanzó hacia los mimbres verdes del río. Le seguimos, procurando no hacer ruido.

Echado boca abajo, medio oculto entre los mimbres, Bernardino lloraba desesperadamente, abrazado a su perro.

EL MUNDELO

El Mundelo llegó a las minas desde una tierra lejana a la aldea. Como los otros mineros tenía el color bajo, sucio y olía a plomo. El Mundelo, cosa extraña, no tenía familia. Casi todos sus compañeros eran hombres casados y padres de ocho o diez hijos. Pero el Mundelo era un hombre solitario, taciturno y de pocos amigos. Ninguno de los mineros gozaba en la aldea de simpatías, pero quizá era el Mundelo el mejor tolerado, por no ser alborotador ni armar pendencias.

El sábado, generalmente, ocurrían los grandes alborotos. El sábado era el día en que cobraban el jornal los mineros. Se les veía bajar hacia la aldea por el camino alto, al atardecer. Brillaban en la oscuridad naciente las luces de sus faroles de acetileno, y, ya de lejos, parecía sentirse el olor espeso y asfixiante de sus faroles y de sus cuerpos. Luego, se metían en la taberna y se emborrachaban. A menudo, iban sus hijos a buscarles.

—Padre, madre llama...

Unas veces, les hacían caso. Otras les pegaban, para alejarlos. Solamente el Mundelo se quedaba en una esquina, sentado al final de la larga mesa donde solían

comer los carreteros, y bebía comedidamente una jarrita
de vino rosado. Solía mirar vagamente hacia la luz del
candil, o hacia la ventanita cuadrada por donde se divi-
saba la primera transparencia nocturna, como un retal
allí prendido, insólito y ajeno. La jarrita daba justamente para dos vasos y pico, que él se bebía muy despacio. A cada sorbo se limpiaba la boca con el revés de
la mano, y pensaba en sus cosas, encerradas y oscuras,
que a nadie comunicaba. A veces, los compañeros le ten-
taban: aludían a él, se burlaban, insinuaban. Él fingía
no oír, achicaba aún más sus ojos mongólicos y los
prendía, como dos insectos charolados y siniestros, en
la pared de la taberna, recién encalada y aún húmeda.
Los hombres acababan dejándole en paz, y se liaban
entre ellos a disputas, a bravatas, a promesas de amistad eterna o a cuchilladas. Esta hora del sábado era temida en la aldea, y ningún campesino solía asomarse
a la taberna hasta que los mineros la habían abandona-
do. El resto de la semana los mineros eran gentes pacíficas, melancólicas y más bien sentimentales. La mayor
parte de ellos estaban dañados por el plomo, y su enfermedad era muy temida en la aldea.

Un día el Mundelo empezó a sentirse enfermo. Lo
advirtió al levantarse, de madrugada. Vivía en lo alto
de un pajar, como casi todos los mineros, por la calle
del Conde Duque, a las afueras de la aldea, cerca del
río Agaro. Mundelo dormía en el suelo, sobre un colchón de borra, junto al ventanuco. Las vigas estaban
podridas y aquella noche desvelada oyó durante horas
y horas roer a la carcoma. El ventanuco fue palideciendo, rosándose, tomando un tinte luminoso y lívido. El
Mundelo se levantó. En un cofre negro, allí al lado,
guardaba su ropa. Aquel día, antes de vestirse, miró por

la ventana, hacia el río. Contempló el agua, brillando verdosamente, con un verde de fuegos fatuos, entre los juncos y las cañas. Luego, la lejanía. Mundelo sintió una gran sed, y cuando bajó al río y le dio el aire en la frente le invadió un temblor grande. Pero no dijo nada a nadie, y acudió a la mina, como todos los días.

Día a día, su mal fue creciendo. El Mundelo oía la carcoma por las noches, royendo las vigas, debajo de su espalda. El mal crecía: ya no podía dudar de él. Entonces, el Mundelo pensó en su soledad. Y, al pasar por la aldea, miraba fijamente a los niños, a las mujeres, a los pájaros, con sus pupilas brillantes y negras como el caparazón de algunos insectos. Leve, muy levemente, el Mundelo iba transformándose. Hablaba de cuando en cuando a sus compañeros, se hacía más sociable. Pero a nadie decía nada de su daño.

Era ya entrado septiembre cuando aceptó beber en la taberna. Le invitaron Lobuno y su primo, ya bastante cargados, por cierto. Mundelo se levantó despacio del extremo de la mesa y se acercó. Estaba muy pálido, con la barba crecida y negra dándole un aire sucio y torvo. Lobuno pidió tres rondas de una vez. Mundelo alargó a los vasos su mano gris, y bebió. Bebía despacio y echando muy atrás la cabeza. Por su garganta, al pasar el vino, rebrillaba la luz del candil como una gota de sudor.

Bebieron mucho, y Lobuno y su primo le tentaron lo suyo. Pero Mundelo apretaba los labios y fingía sonreír. Sus ojos estaban encendidos, pero su gesto era manso y medido, como siempre. Fue al salir, yendo ya hacia la casa, cuando ocurrió la desgracia. Lobuno y su primo cantaban una canción triste y ululante y no se mantenían seguros sobre sus piernas. Mundelo iba más firme. Pero al llegar a la esquina del Conde Duque le vino el vómito. Su sangre, negra y siniestra, manchó las piedras. Mundelo se quedó apoyado en el muro, temblando, bañado en sudor. Entonces, Lobuno y su primo se dieron cuenta. Lobuno empezó a gritar:

—¡El mal! ¡El mal le dio al Mundelo! ¡Eí, eí, el mal también le dio al Mundelo!

—Calla — dijo el Mundelo —. Calla.

—¿Y de qué, callar? — siguió gritando Lobuno —. ¿De qué? ¿Eres tú de otra clase? ¿Tú has de ser siempre distinto, Mundelo? ¡Venid, venid todos, que el mal le dio al Mundelo!

—Calla — volvió a decir Mundelo.

—¡No callo! ¡No callo, sépanlo todos: el mal le alcanzó al Mundelo!

Sobre sus cabezas se abrió una ventana. Más allá, otra. Entonces, el Mundelo sacó la navaja y le abrió el vientre al Lobuno.

Dos días después se lo llevaron. Las mujeres de la aldea salían a las puertas a ver cómo la Guardia Civil conducía al Mundelo. Los niños pequeños se escondían detrás del delantal de sus madres.

Tuvieron que ir de camino hasta Montalvo. De allí, en carro, a la cabeza del partido, donde tomaron el tren hasta la capital de la provincia. El Mundelo no habló ni una palabra en todo el trecho. Era dócil y parecía mudo, pensando en cosas muy distintas. Por eso le quitaron las esposas. "Es de fiar", dijo el número Peláez.

A eso de las doce de la noche, el tren entró en el puente de Montemayor. La locomotora se salió de los raíles y se cayó al río. Arrastró los dos vagones siguientes y extraña, incomprensiblemente, quedó sobre el puente, retemblando, el vagón donde iba Mundelo.

Mundelo estaba quieto, con la cabeza echada un poco hacia un lado y los ojos fijos, posados como insectos en la ventanilla, que mostraba un pedazo de noche sobre el río. Allá, el campo. El vagón crujió de un modo grande, entero, como roído por una carcoma gigante. Los guardias, que dormitaban, cayeron al suelo. Un madero desprendido de alguna parte cayó sobre la cabeza del número Peláez. El Mundelo se levantó del asiento y salió afuera, a la catástrofe. El viento de la noche era limpio, libre. Los campos se alargaban hacia el horizonte hermoso, ya rozado por la plata de un próximo resplandor. El Mundelo estuvo un momento quieto, con los ojos como huidos hacia el campo, entre los gritos y el fragor del río. Luego, acudió allá abajo. Fue de los primeros y de los pocos que iniciaron el salvamento.

En la aldea se supo.

—Dicen que el Mundelo se pudo escapar y no lo hizo.

—Dicen que el Mundelo salvó muchas vidas...

Debió ser cierto: tiempo después, el Mundelo fue indultado, en gracia a su comportamiento en el accidente. Además, el Lobuno no murió. Quedó muy mal parado, pero la cosa no fue a más, y se volvió a su tierra con su mujer y sus hijos.

Cerca de un año después de su indulto, un día, unos niños que jugaban en el río vieron al Mundelo por el camino alto. Era en el mes de agosto, a eso de las nueve, cuando el cielo empezaba a palidecer. Venía con su paso lento, el hatillo en la mano, la barba negra y crecida.

—¡El Mundelo! — gritaron, llenos de pavor. Aún desnudos, descalzos, corrieron hacia la calle del Conde Duque.

—¡El Mundelo! ¡Que vuelve el Mundelo!

Salieron las mujeres, los niños. También los campesinos.

—¡El Mundelo!

Con piedras, le esperaron, entre las cañas y los juncos. Cuando el Mundelo iba a atravesar el río, apenas puso el pie sobre la primera de las pasaderas, le llegó la voz:

—¡Fuera, Mundelo!

—¡Fuera!

Mundelo se quedó quieto. Sus ojos oblicuos y negros se quedaron fijos, como dos agujeros. Luego, avanzó el otro pie. Una piedra lanzada con furia le alcanzó en un hombro. El Mundelo cayó hacia atrás. Se levantó, mojado, limpiándose la cara con el antebrazo. Su hatillo se lo llevó el Agaro, corriente abajo. A la primera piedra siguió otra y otra. Apenas le dejaban incorporarse. Una le dio en la pierna derecha, otra en el costado. Entonces ocurrió algo extraño. El Mundelo retrocedió, con pasos como doblados, de nuevo hacia el camino. Iba de espaldas, mirando hacia los juncos, a los hombres, a las mujeres, a los niños. Y, de pronto, de aquellos ojos negros cayeron unas lágrimas redondas, brillantes a los últimos rayos del sol. Llorando, como un niño pequeño, el Mundelo cogió de nuevo el camino y se alejó.

EL REY

La escuela del pueblo estaba en una casa muy vieja, quizá de las más viejas de la aldea. Consistía en una nave larga, dividida en dos secciones (una para los niños, otra para las niñas) con ventanas abiertas a la calleja. Desde las ventanas se veía el río, con su puente y el sauce. Más allá, sobre los tejadillos cobrizos, salpicados de líquenes verdes como cardenillo, las montañas proyectaban su sombra ancha y azul, bajo el gran cielo.

Debajo de la escuela había un pequeño soportal, sostenido por enmohecidas columnas de madera de roble, quemadas por el tiempo, recorridas por la lluvia y las hormigas, llenas de cicatrices, muescas y nombres de muchachos, unos vivos y otros ya muertos. Encima de la escuela había aún otro piso, de techo muy bajo, con dos viviendas: una para el maestro, la otra para una mujer viuda, muy pobre, que se llamaba Dorotea Marina. Esta mujer limpiaba, cocinaba y cuidaba del maestro y su vivienda.

Dorotea Marina tenía un hijo. Se llamaba Dino, tenía nueve años, y todos en la aldea sentían por él, si no cariño, compasión. Desde los tres años, Dino estaba paralítico de la cintura a los pies, y se pasaba la vida sentado en un pequeño silloncito de anea, junto a la ventana. Así, sin otra cosa que hacer, miraba el cielo, los tejados, el río y el sauce: desde los colores dorados de la mañana a los rosados y azules de la tarde. Dino era un niño deforme, por la falta de ejercicio y la inmovilidad. Tenía los brazos delgados y largos, y los ojos redondos, grandes, de color castaño dorado, como el alcaraván.

Dino, desde su silla, oía el rumor de la escuela y los gritos de los muchachos. Conocía las horas de entrada y de salida, las de lectura, las de Aritmética, las de Geografía...

—Madre, hoy dan Doctrina — decía, con el cuello alargado, como un pájaro, hacia el sonido monótono que ascendía pared arriba, como un ejército de insectos.

O bien:

—Madre, hoy toca cantar la Tabla...

De oírles a los chicos, se sabía de memoria algunas cosas: la cantinela de la tabla de multiplicar, el Padrenuestro, el Credo y alguna fábula de Esopo.

Los domingos, si hacía sol, o al final de las tardes del verano, cuando el calor no castigaba y la noche llegaba más despacio, su madre le sacaba en brazos al soportal, y así Dino podía ver de cerca a los muchachos y hablar algo con ellos. Dino se reía, con su risa menuda y un tanto dura, como el rebotar de una piedra blanca contra el suelo, viéndoles salir en tropel, pelear, bajar corriendo al río, saltar uno sobre otro jugando a "la burranca". A veces, alguno se le acercaba a intercambiar cromos o bolitas de colores:

—Dino, cámbiame éstas...

—No, ésa no: está rota...

—Ésa ya la tengo...

Se apiñaban, entonces, a su alrededor. En una cajita, Dino guardaba los cromos del chocolate del maestro y las bolas de cristal. Su madre le tenía aseado y bien planchado, con su cajita siempre a mano, y Dino, seguramente, era feliz.

Un día, el maestro murió. Estuvieron cerca de un mes sin clases, y, al fin, llegó don Fermín.

Don Fermín era un hombre cincuentón, de cabello gris y ojos pequeños y parpadeantes. Tenía el rostro cansado y afable, y los muchachos dijeron, a la salida:

—Este don Fermín es mejor que don Fabián.

Don Fermín era de buen conformar. Dorotea Marina también comentó, con las mujeres:

—No protesta de nada. No es como el pobre don Fabián, que en gloria esté, que todo el santo día estaba blasfemando...

En la escuela, don Fermín desterró los castigos corporales. Los muchachos no estudiaban más con él que con don Fabián, quizá se le desmandaban algo, pero no le odiaban. Quererle hubiera sido pedirles demasiado.

Don Fermín tenía un aire triste y pensativo. Un día le dijo a Dorotea:

—Desde que murió mi mujer que ando por el mundo como perdido.

Dorotea asintió, suspirando, mientras le servía la sopa:

—Así es, la verdad. También a mí me ocurrió lo mismo, cuando murió mi Alejandro. Ya le digo, don Fermín: si no fuera por mi hijo no sé si no me habría arrojado al Agaro.

—¡Ah!... ¿Tiene usted un hijo?

—Uno, sí, señor. Nueve años me cumplió esta primavera.

—Pues, ¿cuál de ellos es? — dijo don Fermín —. No recuerdo su nombre.

Dorotea le miró con tristeza.

—No, señor. No va a la escuela. ¿No sabe usted? Creí que le habrían dicho... como en los pueblos se habla todo en seguida...

Se lo contó. Don Fermín no dijo nada, y comió con el aire abstraído de todos los días. Pero cuando terminó y se sentó a reposar junto a la ventana, mientras Dorotea recogía los platos y el mantel, dijo:

—Mujer, quiero conocer a su chico. Vamos: no se le puede tener así, sin escuela, como una bestezuela. Si él no puede acudir, acudiré yo.

Dorotea juntó las manos y se echó a llorar.

Desde aquel día, don Fermín, cuando la clase había concluido, pasaba a la vivienda de Dorotea Marina, y enseñaba a leer a Dino.

Pasó el tiempo. Se fue el verano y entró el invierno en la aldea. Dino y don Fermín se hicieron amigos.

Dino aprendió en seguida a leer, y aun a escribir. También "de cuentas", como decía Dorotea en la fuente, antes las mujeres que la escuchaban atentas.

—Ay, mujer, mujer: en un santiamén, mi pobrecito Dino, que te lee de corrido, como el señor cura...

Dino le tomó cariño a don Fermín. Esperaba siempre su llegada con impaciencia:

—Madre, que ya rezan el Padrenuestro. Ya van para la despedida...

Sonaban las seis en el reloj de la torre y los muchachos salían de la escuela. Oía sus carreras, sus gritos y sus pisadas, bajando la escalera angosta. Luego, los pasos lentos, los zapatos que crujían, y entraba don Fermín.

—¡Hola, bandido! — decía.

Dino sonreía y empezaba la lección. Después de la lección, don Fermín seguía allí mucho rato. Esto era lo mejor para Dino. Don Fermín le hablaba, le contaba historias, le explicaba cosas de hombres y tierras que estaban lejos de allí. Luego, a veces, Dino soñaba, por las noches, con las historias de don Fermín.

—Ay, le llena usted la cabeza, don Fermín — decía Dorotea, entre orgullosa y dolorida —. ¡Es la vida tan dura, luego!

—Él no es como los otros, Dorotea — decía don Fermín —. Ay, no, felizmente, él no es como ninguno de nosotros.

Don Fermín compró libros para el niño. Libros de cuentos, historias que hacían soñar a Dino. Los libros llegaban en el auto de línea, y don Fermín abría el paquete ceremoniosamente, ante la impaciente curiosidad de Dino.

—A ver, don Fermín, corte usted la cuerda, no la desate...

—Espera, hijo, espera: no se debe tirar nada...

Don Fermín escribía a la ciudad cartitas pulcras, con su hermosa letra inglesa: "Les ruego se sirvan enviarme contra reembolso...". Don Fermín se limpiaba los cristales de las gafas con el pañuelo, y, mientras le cocinaba la cena, Dorotea se decía: "Dios sea bendito, que envió a esta casa a don Fermín. ¡Ojalá le viva a mi niño este maestro muchos años!"

Así llegó Navidad. Don Fermín mandó que comieran en su casa Dorotea y el niño. También entregó una cantidad mayor a la mujer, y le dijo:

—Ande usted, y lúzcase en la cocina: hoy es un día muy señalado.

Dino estaba contento. En su cara delgada habían aparecido dos círculos rosados. Y aquella tarde, cuando, sentados junto a la ventana, miraban la nieve, le dijo don Fermín:

—¿Nunca oíste de los Reyes Magos?

No: nunca lo había oído. Si acaso, alguna vez, hacía tiempo. Pero ya no se acordaba. Don Fermín estaba raramente ilusionado. Le habló a Dino de los Reyes, y Dino le interrumpió:

—¿Está usted seguro que se van a acordar de mí este año?

Don Fermín se quedó pensativo.

Al día siguiente, el maestro le dijo a Dorotea:

—Oiga usted, mujer, le voy a pedir una cosa: búsqueme por ahí colchas, trapos... en fin, cosas lucidas, para hacer como un disfraz de rey.

—¡Ay madre! ¡De rey!

—Se me ha ocurrido... le vamos a dar al niño una sorpresa: verá usted, le vamos a decir que el Rey Melchor vendrá en persona a traerle los juguetes... ¡Es tan inocente! ¡Es tan distinto a todos! Si así pudiéramos darle la ilusión...

—¡Ay, don Fermín, qué cosas se le ocurren! Y, además, ¿qué juguetes ha de tener él, pobre de mí?

—¡Deje usted de hablar! — don Fermín se impacientó —. De sobra sabe usted que los juguetes los mandaré traer yo. Tengo gusto en eso, sí señora... ¡Para una alegría, para una ilusión que puede tener el muchacho!

Dorotea se quedó pensativa:

—Ay, no sé, no sé... Mire, don Fermín, que la vida

es muy mala. Que la vida no es buena. ¿No será esto cargarle la cabeza, y luego...?

Don Fermín dijo:

—No sé, mujer. Eso no sé... Lo único que sé, como usted, es que la vida, de todos modos, es siempre fea. Por eso, si una vez, sólo una vez, la disfrazamos... Ande usted, no cavile, y vamos a darle esa alegría al niño. El tiempo ya se encargará de amargársela...

Dorotea movió la cabeza, dudosa, pero obedeció.

El cuatro de enero, el disfraz, mal que bien, estuvo terminado. El ama del cura ayudó a ello, buscando vejestorios por la sacristía.

—Ay, pero que no se entere don Vicente, que menudos chillos me iba a dar...

—No, mujer: de mí no ha de salir... Es ese don Fermín, ¿sabes?, que me le ha tomado tal ley a mi pobrecito...

Y, sorbiéndose el moquillo, Dorotea cosió, hilvanó y apuntó las cosas como mejor supo. A don Fermín le pareció que todo había quedado muy bien: la túnica de viejas puntillas, la capa de damasco un tanto deslucido, con orillos dorados. Luego, él mismo, con cartulina y purpurina, hizo la corona. A la noche, pasó a ver a Dino:

—¿Sabes una cosa, Dino? El rey Melchor, en persona, va a traerte los juguetes.

Dino se quedó estupefacto. En todo lo que duró la conversación, sus ojos brillaban, como las hojas del otoño bajo la lluvia. Dorotea, que les oía desde la cocina, movía la cabeza, medio sonriente, medio triste.

El día cinco amaneció brillante. El sol arrancaba destellos de la nieve. Don Fermín fue a por Dino, y, en brazos, lo pasó a su casa. Luego le envolvió las piernas en una manta, y charlaron sentados frente a la ventana. Los árboles se recortaban, negros, en la blancura de allá afuera.

Sería media tarde cuando unos muchachos llamaron a la puerta de don Fermín. Venían a traerle un "velay", de parte de su madre.

—Don Fermín, que de parte de mi madre que velay esta torta.

Eran los hijos de Maximino Cifuentes, el juez. Mientras don Fermín entraba en la alcoba, para buscar unas "perrinas" y algún caramelo, Dino dijo:

—Va a venir el rey Melchor a traerme juguetes, esta noche...

Paco, el hijo mayor de Maximino, se quedó con la boca abierta.

—¡Arrea!

—¡El rey, dice!

Dino sonrió.

—Sí, el rey mismo... don Fermín lo ha dicho. Vendrá esta noche, ¿sabéis? Dice don Fermín que me esté sin dormir hasta las doce... pero de todos modos, como me dormiré, dice que ya vendrán a despertarme... Pero yo he de hacerme el dormido, para que el rey no se lo malicie y se vaya sin dejarme nada: así, con un ojo abierto, le veré como entra y como deja los regalos...

Al lado, en la alcoba, don Fermín se quedó suspenso. Escuchó:

—Anda, tú; lo que dice éste... ¡Mentira!

—¡No es mentira!

—Mira tú, so tonto... ¡no lo creas!

—Sí lo creo... ¡y si no, ven tú a verlo, si quieres!

—No — dijo Paco —. ¡Cuéntanoslo tú!

En la alcoba, don Fermín se sentó al borde de la cama. Sus ojillos parpadeaban, y escuchó:

—Ahora mismo, si quiero, lo puedo contar... no necesito que pase para saberlo. Si quiero, ahora mismo lo cuento, porque lo sé muy bien...

—¡Pues cuéntalo!

Don Fermín imaginaba los ojos redondos de Dino, llenos de oro, como con gotas de agua tililando dentro.

—Pues vendrá el rey... y primero oiré música.

—¡Uy, música, dice...!

—Sí, música, ¿cómo va a venir el rey sin música? Se oirá una música muy bonita, y luego, toda la ventana se llenará de oro. Así, como lo oyes: se volverá de oro toda la madera del cuarto: el suelo, la cama, todo... Porque la luz que entrará por la ventana todo lo volverá de oro. Luego, por encima de la montaña, se pondrán en fila las estrellas. Después...

—Después, ¿qué?

—Pues vendrán los reyes. Vendrán en camellos, porque dice don Fermín que montan en camellos. Yo veré cómo se acercan los camellos: primero, de lejos, muy pequeños, y luego agrandándose poco a poco: y serán uno blanco, otro amarillo y otro negro... Y vendrán por el aire, ¿sabes? Traerán muchos criados y pajes vestidos de miles de colores. Y traerán flores y ramos.

—¡Uy, flores en enero!

—Y qué, ¿no son magos, acaso? También traerán elefantes blancos. Vendrán con cien elefantes blancos cargados de regalos hasta las nubes. Entonces se adelantará el rey Melchor, que es el mío. Lleva un traje de plata o de oro y una corona de piedras preciosas y de estrellas: y la cola del manto le arrastra por el suelo, y tiene una barba blanca hasta la cintura. ¡Todo eso lo veré yo esta noche! Y apoyará una escalera de oro, muy larga, en mi ventana. Y subirá por ella...

Don Fermín oyó más y más cosas. Tantas, que perdió el hilo de aquellas palabras. Al fin, se levantó y llamó a Paco:

—Venid acá, muchachos...

Los chicos entraron, tímidos.

—Tomad estos caramelos... Marchad.

Los chicos salieron, y don Fermín se quedó solo. Abrió el armario y contempló el disfraz del rey. La tela vieja, desvaída, la corona de cartulina pintada. Llamó:

—Dorotea...

La mujer entró.

—Mire usted, ¿sabe? — dijo don Fermín, sin mirarla —. He pensado que tenía usted razón: mejor será no despertar al niño esta noche... que crea que el rey vino cuando él dormía. Tenía usted razón, mujer: la vida es otra cosa. Mejor es no llenarle al chico la cabeza.

LA CONCIENCIA

Ya no podía más. Estaba convencida de que no podría resistir más tiempo la presencia de aquel odioso vagabundo. Estaba decidida a terminar. Acabar de una vez, por malo que fuera, antes que soportar su tiranía.

Llevaba cerca de quince días en aquella lucha. Lo que no comprendía era la tolerancia de Antonio para con aquel hombre. No: verdaderamente, era extraño.

El vagabundo pidió hospitalidad por una noche: la noche del Miércoles de ceniza, exactamente, cuando se batía el viento arrastrando un polvo negruzco, arremolinado, que azotaba los vidrios de las ventanas con un crujido reseco. Luego, el viento cesó. Llegó una calma extraña a la tierra, y ella pensó, mientras cerraba y ajustaba los postigos:

—No me gusta esta calma.

Efectivamente, no había echado aún el pasador de la puerta cuando llegó aquel hombre. Oyó su llamada sonando atrás, en la puertecilla de la cocina:

—Posadera...

Mariana tuvo un sobresalto. El hombre, viejo y andrajoso, estaba allí, con el sombrero en la mano, en actitud de mendigar.

—Dios le ampare... — empezó a decir. Pero los ojillos del vagabundo le miraban de un modo extraño. De un modo que le cortó las palabras.

Muchos hombres como él pedían la gracia del techo, en las noches de invierno. Pero algo había en aquel hombre que la atemorizó sin motivo.

El vagabundo empezó a recitar su cantinela: "Por una noche, que le dejaran dormir en la cuadra; un pedazo de pan y la cuadra: no pedía más. Se anunciaba la tormenta...".

En efecto, allá afuera, Mariana oyó el redoble de la lluvia contra los maderos de la puerta. Una lluvia sorda, gruesa, anuncio de la tormenta próxima.

—Estoy sola — dijo Mariana secamente —. Quiero decir... cuando mi marido está por los caminos no quiero gente desconocida en casa. Vete, y que Dios te ampare.

Pero el vagabundo se estaba quieto, mirándola. Lentamente, se puso su sombrero, y dijo:

—Soy un pobre viejo, posadera. Nunca hice mal a nadie. Pido bien poco: un pedazo de pan...

En aquel momento las dos criadas, Marcelina y Salomé, entraron corriendo. Venían de la huerta, con los delantales sobre la cabeza, gritando y riendo. Mariana sintió un raro alivio al verlas.

—Bueno — dijo —. Está bien... Pero sólo por esta noche. Que mañana cuando me levante no te encuentre aquí...

El viejo se inclinó, sonriendo, y dijo un extraño romance de gracias.

Mariana subió la escalera y fue a acostarse. Durante la noche la tormenta azotó las ventanas de la alcoba y tuvo un mal dormir.

A la mañana siguiente, al bajar a la cocina, daban las ocho en el reloj de sobre la cómoda. Sólo entrar se quedó sorprendida e irritada. Sentado a la mesa, tranquilo y reposado, el vagabundo desayunaba opíparamente: huevos fritos, un gran trozo de pan tierno, vino... Mariana sintió un coletazo de ira, tal vez entremezclado de temor, y se encaró con Salomé, que, tranquilamente se afanaba en el hogar:

—¡Salomé! — dijo, y su voz le sonó áspera, dura —. ¿Quién te ordenó dar a este hombre... y cómo no se ha marchado al alba?

Sus palabras se cortaban, se enredaban, por la rabia que la iba dominando. Salomé se quedó boquiabierta, con la espumadera en alto, que goteaba contra el suelo.

—Pero yo... — dijo —. Él me dijo...

El vagabundo se había levantado y con lentitud se limpiaba los labios contra la manga.

—Señora — dijo —, señora, usted no recuerda... usted dijo anoche: "Que le den al pobre viejo una cama en el altillo, y que le den de comer cuanto pida". ¿No lo dijo anoche la señora posadera? Yo lo oía bien claro... ¿O está arrepentida ahora?

Mariana quiso decir algo, pero de pronto se le había helado la voz. El viejo la miraba intensamente, con sus ojillos negros y penetrantes. Dio media vuelta, y desasosegada salió por la puerta de la cocina, hacia el huerto.

El día amaneció gris, pero la lluvia había cesado. Mariana se estremeció de frío. La hierba estaba empapada, y allá lejos la carretera se borraba en una neblina sutil. Oyó detrás de ella la voz del viejo, y sin querer, apretó las manos una contra otra.

—Quisiera hablarle algo, señora posadera... Algo sin importancia.

Mariana siguió inmóvil, mirando hacia la carretera.

—Yo soy un viejo vagabundo... pero a veces, los viejos vagabundos se enteran de las cosas. Sí: yo estaba *allí. Yo lo vi,* señora posadera. *Lo vi, con estos ojos...*

Mariana abrió la boca. Pero no pudo decir nada.

—¿Qué estás hablando ahí, perro? — dijo —. ¡Te advierto que mi marido llegará con el carro a las diez, y no aguanta bromas de nadie!

—¡Ya lo sé, ya lo sé que no aguanta bromas de nadie! —dijo el vagabundo—. Por eso, no querrá que sepa nada... nada de lo que *yo vi* aquel día. ¿No es verdad?

Mariana se volvió rápidamente. La ira había desaparecido. Su corazón latía, confuso. "¿Qué dice? ¿Qué es lo que sabe...? ¿Qué es lo que vio?" Pero ató su lengua. Se limitó a mirarle, llena de odio y de miedo. El viejo sonreía con sus encías sucias y peladas.

—Me quedaré aquí un tiempo, buena posadera: sí, un tiempo, para reponer fuerzas, hasta que vuelva el sol. Porque ya soy viejo y tengo las piernas muy cansadas. Muy cansadas...

Mariana echó a correr. El viento, fino, le daba en la cara. Cuando llegó al borde del pozo se paró. El corazón parecía salírsele del pecho.

Aquél fue el primer día. Luego, llegó Antonio con el carro. Antonio subía mercancías de Palomar, cada semana. Además de posaderos, tenían el único comercio de la aldea. Su casa, ancha y grande, rodeada por el huerto, estaba a la entrada del pueblo. Vivían con desahogo, y en el pueblo Antonio tenía fama de rico. "Fama de rico", pensaba Mariana, desazonada. Desde la llegada del odioso vagabundo, estaba pálida, desganada. "Y si no lo fuera, ¿me habría casado con él, acaso?" No. No era difícil comprender por qué se había

casado con aquel hombre brutal, que tenía catorce años
más que ella. Un hombre hosco y temido, solitario. Ella
era guapa. Sí: todo el pueblo lo sabía y decía que era
guapa. También Constantino, que estaba enamorado de
ella. Pero Constantino era un simple aparcero, como ella.
Y ella estaba harta de pasar hambre, y trabajos, y tris-
tezas. Sí; estaba harta. Por eso se casó con Antonio.

Mariana sentía un temblor extraño. Hacía cerca de
quince días que el viejo entró en la posada. Dormía, comía y se despiojaba descaradamente al sol, en los ratos
en que éste lucía, junto a la puerta del huerto. El primer día Antonio preguntó:

—¿Y ése, que pinta ahí?

—Me dio lástima —dijo ella, apretando entre los
dedos los flecos de su chal—. Es tan viejo... y hace
tan mal tiempo...

Antonio no dijo nada. Le pareció que se iba hacia
el viejo como para echarle de allí. Y ella corrió escale-
ras arriba. Tenía miedo. Sí: tenía mucho miedo... "Si el
viejo vio a Constantino subir al castaño, bajo la ventana. Si le vio saltar a la habitación, las noches que iba
Antonio con el carro, de camino...". ¿Qué podía querer decir, si no, con aquello de *lo vi todo, sí, lo vi con
estos ojos?*"

Ya no podía más. No: ya no podía más. El viejo no
se limitaba a vivir en la casa. Pedía dinero, ya. Había
empezado a pedir dinero, también. Y lo extraño es que
Antonio no volvió a hablar de él. Se limitaba a igno-
rarle. Sólo que, de cuando en cuando, la miraba a ella.
María sentía la fijeza de sus ojos grandes, negros y lucientes, y temblaba.

Aquella tarde Antonio se marchaba a Palomar. Estaba terminando de uncir los mulos al carro, y oía las

voces del mozo mezcladas a las de Salomé, que le ayudaba. Mariana sentía frío. "No puedo más. Ya no puedo más. Vivir así es imposible. Le diré que se marche, que se vaya. La vida no es vida con esta amenaza". Se sentía enferma. Enferma de miedo. Lo de Constantino, por su miedo, había cesado. Ya no podía verlo. La sola idea le hacía castañetear los dientes. Sabía que Antonio la mataría. Estaba segura de que la mataría. Le conocía bien.

Cuando vio el carro perdiéndose por la carretera bajó a la cocina. El viejo dormitaba junto al fuego. Le contempló, y se dijo: "Si tuviera valor le mataría". Allí estaban las tenazas de hierro, a su alcance. Pero no lo haría. Sabía que no podía hacerlo. "Soy cobarde. Soy una gran cobarde y tengo amor a la vida". Esto la perdía: "Este amor a la vida...".

—Viejo — exclamó. Aunque habló en voz queda, el vagabundo abrió uno de sus ojillos maliciosos. "No dormía", se dijo Mariana. "No dormía. Es un viejo zorro".

—Ven conmigo — le dijo —. Te he de hablar.

El viejo la siguió hasta el pozo. Allí Mariana se volvió a mirarle.

—Puedes hacer lo que quieras, perro. Puedes decirlo todo a mi marido, si quieres. Pero tú te marchas. Te vas de esta casa, en seguida...

El viejo calló unos segundos. Luego, sonrió.

—¿Cuándo vuelve el señor posadero?

Mariana estaba blanca. El viejo observó su rostro hermoso, sus ojeras. Había adelgazado.

—Vete — dijo Mariana —. Vete en seguida.

Estaba decidida. Sí: en sus ojos lo leía el vagabundo. Estaba decidida y desesperada. Él tenía experiencia y conocía esos ojos. "Ya no hay nada que hacer", se dijo, con filosofía. "Ha terminado el buen tiempo. Acabaron las comidas sustanciosas, el colchón, el abrigo. Adelante, viejo perro, adelante. Hay que seguir".

—Está bien — dijo —. Me iré. Pero él sabrá todo...

Mariana seguía en silencio. Quizás estaba aún más pálida. De pronto, el viejo tuvo un ligero temor: "Ésta es capaz de hacer algo gordo. Sí: es de esa clase de gente que se cuelga de un árbol o cosa así". Sintió piedad. Era joven, aún, y hermosa.

—Bueno — dijo —. Ha ganado la señora posadera. Me voy... ¿qué le vamos a hacer? La verdad, nunca me hice demasiadas ilusiones... Claro que pasé muy buen tiempo aquí. No olvidaré los guisos de Salomé ni el vinito del señor posadero... No lo olvidaré. Me voy.

—Ahora mismo — dijo ella, de prisa —. Ahora mismo, vete... ¡Y ya puedes correr, si quieres alcanzarle a él! Ya puedes correr, con tus cuentos sucios, viejo perro...

El vagabundo sonrió con dulzura. Recogió su cayado y su zurrón. Iba a salir, pero, ya en la empalizada, se volvió:

—Naturalmente, señora posadera, *yo no vi nada.* Vamos: ni siquiera sé si había algo que ver. Pero llevo muchos años de camino, ¡tantos años de camino! Nadie hay en el mundo con la conciencia pura, ni siquiera los niños. No: ni los niños siquiera, hermosa posadera. Mira a un niño a los ojos, y dile: "¡Lo sé todo! Anda con cuidado...". Y el niño temblará. Temblará como tú, hermosa posadera.

Mariana sintió algo extraño, como un crujido, en el corazón. No sabía si era amargo, o lleno de una violenta alegría. No lo sabía. Movió los labios y fue a decir algo. Pero el viejo vagabundo cerró la puerta de la empalizada tras él, y se volvió a mirarla. Su risa era maligna, al decir:

—Un consejo, posadera: vigila a tu Antonio. Sí: el señor posadero también tiene motivos para permitir la holganza en su casa a los viejos pordioseros. ¡Motivos muy buenos, juraría yo, por el modo como me miró!

La niebla, por el camino, se espesaba, se hacía baja. Mariana le vio partir, hasta perderse en la lejanía.

LA RAMA SECA

APENAS tenía seis años y aún no la llevaban al campo. Era por el tiempo de la siega, con un calor grande, abrasador, sobre los senderos. La dejaban en casa, cerrada con llave, y le decían:

—Que seas buena, que no alborotes: y si algo te pasara, asómate a la ventana y llama a doña Clementina

Ella decía que sí con la cabeza. Pero nunca le ocurría nada, y se pasaba el día sentada al borde de la ventana, jugando con "Pipa".

Doña Clementina la veía desde el huertecillo. Sus casas estaban pegadas la una a la otra, aunque la de doña Clementina era mucho más grande, y tenía, además, un huerto con un peral y dos ciruelos. Al otro lado del muro se abría la ventanuca tras la cual la niña se sentaba siempre. A veces, doña Clmentina levantaba los ojos de su costura y la miraba.

—¿Qué haces, niña?

La niña tenía la carita delgada, pálida, entre las flacas trenzas de un negro mate.

—Juego con "Pipa" — decía.

Doña Clementina seguía cosiendo y no volvía a pensar en la niña. Luego, poco a poco, fue escuchando

aquel raro parloteo que le llegaba de lo alto, a través
de las ramas del peral. En su ventana, la pequeña de
los Mediavilla se pasaba el día hablando, al parecer,
con alguien.

—¿Con quién hablas, tú?

—Con "Pipa".

Doña Clementina, día a día, se llenó de una curiosidad leve, tierna, por la niña y por "Pipa". Doña Clementina estaba casada con don Leoncio, el médico. Don
Leoncio era un hombre adusto y dado al vino, que se
pasaba el día renegando de la aldea y de sus habitan-
tes. No tenían hijos y doña Clementina estaba ya hecha
a su soledad. En un principio, apenas pensaba en aquella criatura, también solitaria, que se sentaba al al-
féizar de la ventana. Por piedad la miraba de cuando
en cuando y se aseguraba de que nada malo le ocurría.
La mujer Mediavilla se lo pidió:

—Doña Clementina, ya que usted cose en el huerto
por las tardes, ¿querrá echar de cuando en cuando una
mirada a la ventana, por si le pasara algo a la niña?
Sabe usted, es aún pequeña para llevarla a los pagos...

—Sí, mujer, nada me cuesta. Marcha sin cuidado...

Luego, poco a poco, la niña de los Mediavilla y su
charloteo ininteligible, allá arriba, fueron metiéndosele
pecho adentro.

—Cuando acaben con las tareas del campo y la niña
vuelva a jugar en la calle, la echaré a faltar — se decía.

Un día, por fin, se enteró de quién era "Pipa".

—La muñeca — explicó la niña.

—Enséñamela...

La niña levantó en su mano terrosa un objeto que
doña Clementina no podía ver claramente.

—No la veo, hija. Échamela...

La niña vaciló.

—Pero luego, ¿me la devolverá?

—Claro está...

La niña le echó a "Pipa" y doña Clementina cuando la tuvo en sus manos, se quedó pensativa. "Pipa" era simplemente una ramita seca envuelta en un trozo de percal sujeto con un cordel. Le dio la vuelta entre los dedos y miró con cierta tristeza hacia la ventana. La niña la observaba con ojos impacientes y extendía las dos manos.

—¿Me la echa, doña Clementina...?

Doña Clementina se levantó de la silla y arrojó de nuevo a "Pipa" hacia la ventana. "Pipa" pasó sobre la cabeza de la niña y entró en la oscuridad de la casa. La cabeza de la niña desapareció y al cabo de un rato asomó de nuevo, embebida en su juego.

Desde aquel día doña Clementina empezó a escucharla. La niña hablaba infatigablemente con "Pipa".

—"Pipa", no tengas miedo, estate quieta. ¡Ay, "Pipa", cómo me miras! Cogeré un palo grande y le romperé la cabeza al lobo. No tengas miedo, "Pipa"... Siéntate, estate quietecita, te voy a contar: el lobo está ahora escondido en la montaña...

La niña hablaba con "Pipa" del lobo, del hombre mendigo con su saco lleno de gatos muertos, del horno del pan, de la comida. Cuando llegaba la hora de comer la niña cogía el plato que su madre le dejó tapado, al arrimo de las ascuas. Lo llevaba a la ventana y comía despacito, con su cuchara de hueso. Tenía a "Pipa" en las rodillas, y la hacía participar de su comida.

—Abre la boca, "Pipa", que pareces tonta...

Doña Clementina la oía en silencio: la escuchaba, bebía cada una de sus palabras. Igual que escuchaba al viento sobre la hierba y entre las ramas, la algarabía de los pájaros y el rumor de la acequia.

Un día, la niña dejó de asomarse a la ventana. Doña Clementina le preguntó a la mujer Mediavilla:

—¿Y la pequeña?

—Ay, está *delicá,* sabe usted. Don Leoncio dice que le dieron las fiebres de Malta.

—No sabía nada...

Claro, ¿cómo iba a saber algo? Su marido nunca le contaba los sucesos de la aldea.

—Sí — continuó explicando la Mediavilla —. Se conoce que algún día debí dejarme la leche sin hervir... ¿sabe usted? ¡Tiene una tanto que hacer! Ya ve usted, ahora, en tanto se reponga, he de privarme de los brazos de Pascualín.

Pascualín tenía doce años y quedaba durante el día al cuidado de la niña. En realidad, Pascualín salía a la calle o se iba a robar fruta al huerto vecino, al del cura o al del alcalde. A veces, doña Clementina oía la voz de la niña que llamaba. Un día se dicidó a ir, aunque sabía que su marido la regañaría.

La casa era angosta, maloliente y oscura. Junto al establo nacía una escalera, en la que se acostaban las gallinas. Subió, pisando con cuidado los escalones apolillados que crujían bajo su peso. La niña la debió oír, porque gritó:

—¡Pascualín! ¡Pascualín!

Entró en una estancia muy pequeña, a donde la claridad llegaba apenas por un ventanuco alargado. Afuera, al otro lado, debían moverse las ramas de algún árbol, porque la luz era de un verde fresco y encendido, extraño como un sueño en la oscuridad. El fajo de luz verde venía a dar contra la cabecera de la cama de hie-

rro en que estaba la niña. Al verla, abrió más sus párpados entornados.

—Hola, pequeña — dijo doña Clementina —. ¿Qué
tal estás?

La niña empezó a llorar de un modo suave y silen-
cioso. Doña Clementina se agachó y contempló su carita amarillenta, entre las trenzas negras.

—Sabe usted — dijo la niña —, Pascualín es malo.
Es un bruto. Dígale usted que me devuelva a "Pipa",
que me aburro sin "Pipa"...

Seguía llorando. Doña Clementina no estaba acostumbrada a hablar a los niños, y algo extraño agarro-
taba su garganta y su corazón.

Salió de allí, en silencio, y buscó a Pascualín. Estaba sentado en la calle, con la espalda apoyada en el
muro de la casa. Iba descalzo y sus piernas morenas,
desnudas, brillaban al sol como dos piezas de cobre.

—Pascualín — dijo doña Clementina.

El muchacho levantó hacia ella sus ojos desconfia-
dos. Tenía las pupilas grises y muy juntas y el cabello
le crecía abundante como a una muchacha, por encima
de las orejas.

—Pascualín, ¿qué hiciste de la muñeca de tu hermana? Devuélvesela.

Pascualín lanzó una blasfemia y se levantó.

—¡Anda! ¡La muñeca, dice! ¡*Aviaos* estamos!

Dio media vuelta y se fue hacia la casa, murmu-
rando.

Al día siguiente, doña Clementina volvió a visitar
a la niña. En cuanto la vio, como si se tratara de una
cómplice, la pequeña le habló de "Pipa":

—Que me traiga a "Pipa", dígaselo usted, que la
traiga...

El llanto levantaba el pecho de la niña, le llenaba la cara de lágrimas, que caían despacio hasta la manta.

—Yo te voy a traer una muñeca, no llores.

Doña Clementina dijo a su marido, por la noche:

—Tendría que bajar a Fuenmayor, a unas compras.

—Baja — respondió el médico, con la cabeza hundida en el periódico.

A las seis de la mañana doña Clementina tomó el auto de línea, y a las once bajó en Fuenmayor. En Fuenmayor había tiendas, mercado, y un gran bazar llamado "El Ideal". Doña Clementina llevaba sus pequeños ahorros envueltos en un pañuelo de seda. En "El Ideal" compró una muñeca de cabello crespo y ojos redondos y fijos, que le pareció muy hermosa. "La pequeña va a alegrarse de veras", pensó. Le costó más cara de lo que imaginaba, pero pagó de buena gana.

Anochecía ya cuando llegó a la aldea. Subió la escalera y, algo avergonzada de sí misma, notó que su corazón latía fuerte. La mujer Mediavilla estaba ya en casa, preparando la cena. En cuanto la vio alzó las dos manos.

—¡Ay, *usté,* doña Clementina! ¡Válgame Dios, ya disimulará en qué trazas la recibo! ¡Quién iba a pensar...!

Cortó sus exclamaciones.

—Venía a ver a la pequeña: le traigo un juguete...

Muda de asombro la Mediavilla la hizo pasar.

—Ay, cuitada, y mira quién viene a verte...

La niña levantó la cabeza de la almohada. La llama de un candil de aceite, clavado en la pared, temblaba, amarilla.

—Mira lo que te traigo: te traigo otra "Pipa", mucho más bonita.

Abrió la caja y la muñeca apareció, rubia y extraña.

Los ojos negros de la niña estaban llenos de una luz nueva, que casi embellecía su carita fea. Una sonrisa se le iniciaba, que se enfrió en seguida a la vista de la muñeca. Dejó caer de nuevo la cabeza en la almohada y empezó a llorar despacio y silenciosamente, como acostumbraba.

—No es "Pipa" — dijo —. No es "Pipa".

La madre empezó a chillar:

—¡Habráse visto la tonta! ¡Habráse visto, la desagradecida! ¡Ay, por Dios, doña Clementina, no se lo tenga usted en cuenta, que esta moza nos ha salido retrasada...!

Doña Clementina parpadeó. (Todos en el pueblo sabían que era una mujer tímida y solitaria, y le tenían cierta compasión.)

—No importa, mujer — dijo, con una pálida sonrisa —. No importa.

Salió. La mujer Mediavilla cogió la muñeca entre sus manos rudas, como si se tratara de una flor.

—¡Ay, madre, y qué cosa más preciosa! ¡Habráse visto la tonta ésta...!

Al día siguiente doña Clementina recogió del huerto una ramita seca y la envolvió en un retal. Subió a ver a la niña:

—Te traigo a tu "Pipa".

La niña levantó la cabeza con la viveza del día anterior. De nuevo, la tristeza subió a sus ojos oscuros.

—No es "Pipa".

Día a día, doña Clementina confeccionó "Pipa" tras "Pipa", sin nigún resultado. Una gran tristeza la llenaba, y el caso llegó a oídos de don Leoncio.

—Oye, mujer: que no sepa yo de más majaderías de ésas... ¡Ya no estamos, a estas alturas, para andar siendo el hazmerreir del pueblo! Que no vuelvas a ver a esa muchacha: se va a morir, de todos modos...

—¿Se va a morir?

—Pues claro, ¡qué remedio! No tienen posibilidades los Mediavilla para pensar en otra cosa... ¡Va a ser mejor para todos!

En efecto, apenas iniciado el otoño, la niña se murió. Doña Clementina sintió un pesar grande, allí dentro, donde un día le naciera tan tierna curiosidad por "Pipa" y su pequeña madre.

Fue a la primavera siguiente, ya en pleno deshielo, cuando una mañana, rebuscando en la tierra, bajo los ciruelos, apareció la ramita seca, envuelta en su pedazo de percal. Estaba quemada por la nieve, quebradiza, y el color rojo de la tela se había vuelto de un rosa desvaído. Doña Clementina tomó a "Pipa" entre sus dedos, la levantó con respeto y la miró, bajo los rayos pálidos del sol.

—Verdaderamente — se dijo —. ¡Cuánta razón tenía la pequeña! ¡Qué cara tan hermosa y triste tiene esta muñeca!

LOS PÁJAROS

Vivía muy apartado de la aldea, en el principio del camino de la Cruz de Vado, más allá de las últimas casas. Su padre era el guardabosques de los Amarantos y llevaban los dos una vida solitaria y huraña. En el pueblo no querían al guardabosque, por su profesión. Al muchacho casi no le conocían.

Un día, buscando moras, llegué hasta su choza, por casualidad. Al divisarla, me dio un golpe el corazón, porque me vinieron a la memoria las feas historias que oí en la aldea acerca de ellos.

—Ese hombre lleva algo malo dentro — decían.

—Sí: alguna muerte le pesa...

—¡Por algo le abandonó su mujer!

Pocos días antes cumplí yo nueve años, y, aunque no entendía aún muchas de las cosas que se decían del guardabosques, me entró el miedo, aleteando como un murciélago en la sombra de los árboles. Me sentía cansada, sudorosa, y me detuve junto a los robles que rodeaban la choza. Entonces, me di cuenta de que había penetrado en terreno de los Amarantos, y pensé, con un estremecimiento:

"Tal vez, si me ven, me maten. Sí; quizá me pe-

guen un tiro, al verme aquí. Creerán que vine a robar
leña, como Pascualín...".

Me acordé que Pascualín, el hijo pequeño de Teodosia Alejandria, fue a robar leña a los bosques de los
Amarantos y el guardabosques le dio una gran paliza,
que casi lo mata. Eso dijo Pascualín sangrando por
la nariz, cuando volvió. (Claro que a Pascualín todos
le tenían por embustero y atravesado, y su misma madre decía de él que no se le podía creer en nada...) De
todos modos, sentí que mis piernas flaqueaban cuando
oí crujir las ramitas del suelo bajo unas pisadas.

Temblando, levanté los ojos, y un gran terror me
paralizó. Allí estaba el guardabosques, con su rifle al
hombro. Llevaba zahones de cuero, como los pastores
del abuelo. Quise gritar, pero noté que la voz no me
salía de la garganta. El guardabosques me miraba, con
sus ojos azules y muy juntos, y se acercaba a mí. Me
decía algo, pero yo no le oía. Súbitamente, eché a correr: mis pies se enredaron en algo, y caí rodando por
el terraplén. Ni siquiera entonces pude gritar.

Creo que debí perder el conocimiento porque apenas recuerdo lo que ocurrió después. Vagamente sé que
me sacaron de allí y me llevaron en brazos a la temida
cabaña. Después, sin saber a ciencia cierta cómo ni de
qué forma, me encontré sentada en un silloncito de mimbre, junto a la lumbre. El guardabosques me curaba
la rodilla y la cara de un modo extraño: aplicándome
con un trozo de lienzo un ungüento que olía fuertemente a vinagre.

Le miré un rato, aún, con la garganta seca. Sentía
el dolor de la caída, pero en las montañas eran fre-
cuentes los golpes: caídas desde los muros de piedra,
resbalones en las losas del río, y, una vez, un terrible

batacazo desde una rama del ciruelo. Nunca antes perdí el conocimiento, y estaba segura de que entonces ocurrió solamente por el gran miedo que aquella gente me inspiraba.

Viéndole la cara de cerca, mientras me restañaba con mucho cuidado la mejilla, pensé que era un hombre como cualquiera otro de la aldea. Tenía la piel oscura, rugosa, y el cabello entrecano. Olía a leños ahumados.

La cabaña era pequeña y parecía anegada por el olor del bosque. Por la ventana y la puerta entraban, como un viento, el color azulado de la hierba y los rojizos resplandores de allá afuera, donde el principio del otoño llenaba el aire.

—Bueno — dijo el guardabosques —. Esto ya está... ¡A ver si te vuelves más *civilizá*!

Se levantó del suelo, donde estaba arrodillado, y mientras guardaba el raro ungüento en el armario, dijo:

—¿A qué diste esa *espantá*?

Noté que mi miedo por él había cesado. Otro miedo era el que se me venía encima:

—Oigame — le dije —. Será muy tarde, ¿verdad?

—Las cinco — me contestó.

Me puse en pie de un salto, pero di un grito de dolor. Él se aproximó de nuevo.

—¿Qué te pasa, muchacha?

Me dolía mucho la rodilla. Me dolía espantosamente. Cogió mi pierna entre sus manos grandes y trató de doblarla, pero yo me oponía con todas mis fuerzas.

—¡Que me duele, que me duele!

Se rascó la cabeza y quedó pensativo.

—Bueno — me dijo —. ¡Qué le vamos a hacer! ¡No te pongas así!

—Sí, me pongo — dije, procurando no echarme a

llorar a gritos —. Me pongo así porque salí esta mañana de casa... y, cuando vean que aún no he vuelto... y cuando vuelva...

Me miró fijamente. Pensé que tenía unos ojos quietos y tranquilizadores. Pudiera ser que me salvase del castigo, si le hablaba al abuelo...

—¡Si usted le explica a mi abuelo que fue un accidente y que a poco me muero...! A lo mejor le da pena y no pasa nada...

El guardabosques volvió a rascarse la cabeza.

—Oye — dijo — ¿Eres tú nieta de don Salvador?

—Sí — contesté. (Y me callé un: "por desgracia". El genio de mi abuelo era conocido en todas las Artámilas.)

—Bueno, ya veremos — dijo —. Ahora, estate quieta ahí. Dime, ¿tienes hambre?

Entonces me di cuenta de que sí: tenía un hambre espantosa. Y también de que hasta aquel momento no pensé en algo muy importante: en que aunque no me hubiera encontrado al guardabosques me hubiera visto en un apuro. La verdad era que buscando moras me había perdido y no sabía volver a casa.

—Sí — dije —. Tengo hambre. Y, además, me he perdido.

No pude aguantar más y se me escaparon las lágrimas. Las vi brillar claramente y caer sobre mi vestido. El guardabosques me puso la mano en la cabeza, y así, bajo aquella palma áspera, conseguí calmarme.

—Mira — dijo el guardabosques —. Voy a llamar a Luciano. Mientras tú estás con él, avisaré a tu casa... ¡yo no puedo llevarte a cuestas!

Dije que sí, con la cabeza. Por oídas, sabía que Luciano era su hijo.

Nunca le había visto, y cuando entró en la cabaña quedé sorprendida: nunca vi una cara como la suya. Era de mi edad, o poco más, y cojeaba mucho del pie derecho. Tenía una pierna más corta que la otra, y esto era lo único feo e inarmónico de su persona. Llevaba el cabello muy largo y lacio, casi como una niña, de un color rubio dorado como no existía en la aldea.

—Hola — me dijo.

Vestía un traje muy viejo y muy roto e iba descalzo. Sus pies estaban endurecidos y callosos de andar sobre la tierra. Sus ojos redondos tenían un mirar fijo, brillante.

—Mira, Luciano — dijo el guardabosques —. Entretén a la chica, enséñale los pájaros... He de ir a avisar a su casa... Se ha lastimado una pierna.

Luciano me miraba no sabía yo si con antipatía. Sus ojos, tan quietos, casi me daban miedo.

—Bueno — contestó —. Sácala afuera.

El guardabosques me cogió en brazos y me sacó. Luciano nos precedía, cojeando. En cuanto salimos a la hierba, el sol empezó a brillar sobre la cabeza de Luciano y sobre la tierra roja del sendero, bordeado ya por la flor chillona del *arzadú*.

—¡Ah, mira, ha brotado el *arzadú*! — dije yo, que, de pronto y sin saber por qué, estaba muy contenta —. Pronto vendrán los fríos.

—Así es — dijo el guardabosques —. Pronto vendrán los fríos, porque brotó el *arzadú*. ¿Quién te enseñó tan bien?

—Las criadas — dije.

Luciano volvió la cabeza para mirarme. Desde los brazos de su padre vi sus ojos rebosando de sol, y le tendí la mano.

—¡Bájame aquí!

Me bajó con cuidado, hasta el suelo. Un vientecillo fino ululaba suavemente por entre las hayas.

—Estaros aquí, pájaros — dijo el guardabosques —. Aquí, hasta que yo vuelva por la muchacha.

Desanduvo el camino hacia la choza, y yo le miré hasta que entró. Frente a mí, Luciano rebuscaba algo entre la hierba.

—¿Por qué dice *pájaros,* Luciano?

—Somos pájaros — contestó el muchacho, sin mirarme. El cabello le caía sobre el rostro inclinado, y yo no podía vérselo.

Luego se levantó y fue hacia uno de los árboles. Creo que era un roble, pero no estoy muy segura. Apoyada en él, había una larga escalera de madera, y, más alta, pendiente de las ramas, otra de cuerdas, que se bamboleaba ligeramente a impulsos de la brisa. Algo extraño había allí, que me detuvo toda palabra y todo pensamiento. Sí: era algo raro, quizá mágico, que atraía. Entre las ramas se filtraba un resplandor rojizo, otoñal, que cautivaba. Y otra cosa, también: cuando Luciano llegó al pie del árbol y sujetó la escalera, una algarabía surgió de todas las ramas. Algo como una llamada numerosa, sonora, que atravesó el aire hasta los huesos.

—¡Luciano! — grité, sin saber por qué —. ¡Luciano, qué pasa!

Luciano volvió la cabeza. Sus ojos, serios, me contemplaron quizá con desprecio.

—Los pájaros — dijo.

Vi cómo trepaba por la escalerilla, con una asombrosa agilidad a pesar de su defecto. Al llegar a su final, con un salto extraño, realmente de pájaro, se colgó de una rama. Ya una vez entre las ramas, Luciano se movía con una extraña viveza. Más parecía que tuviera alas. Iba de una rama a la otra, silbando una rara melodía, que, por otra parte, no era música alguna: algo como una charla, aguda, entrecortada, hermosa, que se entremezclaba con las llamadas de los pájaros. Vi cómo ellos bajaban hasta él, a sus hombros y sus brazos, a su cabeza. Eran los pájaros simples y oscuros, los pájaros pequeños de los aleros y de los caminos, y, sin embargo, ¡qué bellos parecían allí, enrojecidos por la luz de septiembre, gritando algo que yo no sabía comprender! Luciano, con la cabeza levantada hacia lo alto, silbaba. Se colgó de la escalera de cuerdas y empezó a balancearse en el aire, lentamente. Tenía los brazos y los hombros cubiertos de las avecillas grises y amarillentas, de aquellas alas que brillaban y batían con un sonido metálico.

—Toma, para que comas algo — dijo el guardabosques, a mi lado.

Su voz casi me sobresaltó. Sobre la hierba dejó un trozo de pan moreno y un puñado de nueces.

Luego, se marchó. Luciano seguía balanceándose, colgado de las cuerdas. Su cabello largo y suave, lacio, como una lluvia dorada, se mecía a compás.

—¡Luciano! — llamé. Y una angustia dulce y extraña me llenaba —. ¡Luciano!

Pero él no oía, o no quería oir. La algarabía de los pájaros se hacía casi ensordecedora y me pareció que a nuestro alrededor todo brillaba de un modo exasperado y grande: la hierba, el cielo, la tierra y la flor venenosa del *arzadú,* que no se debe nunca morder. Pero, sobre todas las cosas, brillaba el árbol de Luciano con sus mil pájaros de oro. Sólo cuando Luciano dejó de columpiarse, los gritos de los pájaros cesaron, y la luz pareció declinar.

—¿Son tuyos? — pregunté, mirándole sobrecogida.

—Sí — contestó él —. Míos... ¡Vamos, digo yo!

—¿Cuándo les enseñaste...?

—No sé — me contestó, deslizándose por las cuerdas. Desde las ramas, pasó al tronco, y de allí, por la escalera de madera, descendió al suelo.

—Ven — le dije —. ¡Cuéntamelo!

Se acercó despacio. Sólo al verle andar sobre la hierba recordé, con un raro sobresalto, que tenía una pierna más larga que la otra. Por lo demás, era la criatura más hermosa que vi nunca.

—No tengo nada que contar — me dijo —. Nada. Ya ves... son los pájaros.

—¿Por qué dijiste antes que somos pájaros?

Lucia iَ se sentó a mi lado. Con las manos acariciaba la hierba de un modo brusco y extraño, casi rudo.

—Porque lo somos — dijo, sin mirarme. Y vi que su cara se encendía —. Lo somos... También lo era mi madre. Por eso. Todos somos pájaros. Unos malos pájaros, ¿sabes? No podemos ser otra cosa... Los pájaros vuelven, también, con los fríos. Pero no son nunca los mismos.

Yo no le entendía, pero me gustaba, me fascinaba, oírle.

—¿Y yo? — dije.

Me miró despacio. Aparté mis ojos de los suyos, redondos y quietos, llenos de luz.

—También — contestó —. Todos.

Se levantó y fue hacia la cabaña. Al cabo de un rato volvió con un libro grande y mugriento bajo el brazo. Estaba lleno de láminas que representaban toda clase de pájaros en colores. Fue pasándolas despacio, ante mí.

—Éste es el pájaro del frío... éste el de los trigales... éste el pájaro viajero, éste el de la tempestad...

Hablándome de los pájaros pasó el tiempo. Escuché la extraña historia del pájaro asesino y la del pájaro de los cementerios. La del pájaro de la noche y la del pájaro del mediodía. Luciano las sabía todas, o todas se las inventaba. Porque aquello no lo veía yo escrito en ninguna parte.

—¿Sabes leer? — le pregunté.

—¡Ni falta! — respondió.

Cuando Luciano cerraba el libro, vi llegar por el sendero, entre los árboles, a Lorenzo, el aparcero mayor del abuelo, haciéndome aspavientos. Del ramal traía a "Mateo", el caballo viejo. El guardabosques venía detrás, con su fusil al hombro, mirando al suelo.

Lorenzo me cargó sobre el caballo, y, sin dejar de regañarme ni un solo momento, como quien lleva un fardo, me devolvió a casa. Por el camino sentí ardor en la frente, sed y una gran tristeza. Miraba al cielo, que iba palideciendo, y olía la tierra con una gran laxitud. Llegué a casa con fiebre, y eso me libró del castigo.

Estuve enferma algún tiempo. Cuando me levanté ya se iniciaba el gran frío. El otoño estaba muy avanzado.

El primer día que salí a la tierra me acompañaba Marta, la cocinera, a quien yo tanto quería. Me llevaba de la mano, sobre los sembrados, e iba contándome cosas de las simientes, de los riegos y de las cosechas. Mi mano se refugiaba en la suya, grande y nudosa, y el sol de la mañana, ya pálido, nos bañaba la frente.

Salimos a la huerta, y Marta dijo, señalando lejos con el dedo:

—¡Habráse visto! ¡Habráse visto! ¡Truhanes, golfos, mal nacidos!

A pesar del espantapájaros, una nube de gorriones se comían las simientes de los surcos. Marta, con piedras, los espantaba. Corrí tras ella, y quedé de pronto quieta y muda, mirando al monigote que armó Lorenzo para espantar a los pájaros.

—¿De dónde sacasteis esto, Marta? — dije. Y un miedo me venía, grande como una noche. Marta me miró de reojo, y como tenía por costumbre, me contestó con una pregunta:

—¿Por qué te importa eso?

Sentí que mis labios temblaban.

—Porque esas ropas son de Luciano, el del guardabosques.

Marta se quedó abatida, mirando al suelo. La piedra se le cayó de la mano y la vi rebotar. Entonces, como un grito, todos los pájaros volvieron y se posaron en los brazos en cruz del fantoche y sobre la estopa de su cabeza, que brillaba al sol, como maíz.

—Bien — dijo —. Ya que te diste cuenta... ¡qué no verá un niño, Dios! Así es: la ropa de Lucianín. Se la vendió el guardabosques a Lorenzo, porque le daba pena el verla.

—¿Y por qué? — dije, aunque mi corazón ya lo sabía.

—¡Ay, golondrina! — dijo Marta —. Así es el vivir: Lucianín se cayó de lo alto del árbol y se abrió la cabeza en el suelo. Sí, en este mismo suelo triste, que Dios nos dio.

EL AUSENTE

POR la noche discutieron. Se acostaron llenos de rencor el uno por el otro. Era frecuente eso, sobre todo en los últimos tiempos. Todos sabían en el pueblo — y sobre todo María Laureana, su vecina — que eran un matrimonio mal avenido. Esto, quizá, la amargaba más. "Quémese la casa y no salga el humo", se decía ella, despierta, vuelta de cara a la pared. Le daba a él la espalda, deliberada, ostentosamente. También el cuerpo de él parecía escurrirse como una anguila hacia el borde opuesto de la cama. "Se caerá al suelo", se dijo, en más de un momento. Luego, oyó sus ronquidos y su rencor se acentuó. "Así es. Un salvaje, un bruto. No tiene sentimientos". En cambio ella, despierta. Despierta y de cara a aquella pared encalada, voluntariamente encerrada.

Era desgraciada. Sí: no había por qué negarlo, allí en su intimidad. Era desgraciada, y pagaba su culpa de haberse casado sin amor. Su madre (una mujer sencilla, una campesina) siempre le dijo que era pecado casarse sin amor. Pero ella fue orgullosa. "Todo fue cosa de orgullo. Por darle en la cabeza a Marcos. Nada más". Siempre, desde niña, estuvo enamorada de Marcos. En la oscuridad, con los ojos abiertos, junto a la pared, Luisa sintió de nuevo el calor de las lágrimas entre los párpados. Se mordió los labios. A la memoria le venía un tiempo feliz, a pesar de la pobreza. Las huertas, la recolección de la fruta... "Marcos". Allí, junto a la tapia del huerto, Marcos y ella. El sol brillaba y se oía el rumor de la acequia, tras el muro. "Marcos". Sin embargo, ¿cómo fue?... Casi no lo sabía decir: Marcos se casó con la hija mayor del juez: una muchacha torpe, ruda, fea. Ya entrada en años, por añadidura. Marcos se casó con ella. "Nunca creí que Marcos hiciera eso. Nunca". ¿Pero cómo era posible que aún le doliese, después de tantos años? También ella había olvidado. Sí: qué remedio. La vida, la pobreza, las preocupaciones, le borran a una esas cosas de la cabeza. "De la cabeza, puede... pero en algún lugar queda la pena. Sí: la pena renace, en momentos como éste...". Luego, ella se casó con Amadeo. Amadeo era un forastero, un desgraciado obrero de las minas. Uno de aquellos que hasta los jornaleros más humildes miraban por encima del hombro. Fue aquél un momento malo. El mismo día de la boda sintió el arrepentimiento. No le amaba ni le amaría nunca. Nunca. No tenía remedio. "Y ahí está: un matrimonio desavenido. Ni más ni menos. Este hombre no tiene corazón, no sabe lo que es una delicadeza. Se puede ser pobre, pero... Yo misma, hija de una familia de aparceros. En el campo tenemos cortesía, delicadeza... Sí: la tenemos. ¡Sólo este hombre!" Se sorprendía últimamente diciendo: "este hombre", en lugar de Amadeo. "Si al menos hubiéramos tenido un hijo...". Pero no lo tenían, y llevaban ya cinco años largos de matrimonio.

Al amanecer le oyó levantarse. Luego, sus pasos

por la cocina, el ruido de los cacharros. "Se prepara el desayuno". Sintió una alegría pueril: "Que se lo prepare él. Yo no voy". Un gran rencor la dominaba. Tuvo un ligero sobresalto: "¿Le odiaré acaso?" Cerró los ojos. No quería pensarlo. Su madre le dijo siempre: "Odiar es pecado, Luisa". (Desde que murió su madre, sus palabras, antes oídas con rutina, le parecían sagradas, nuevas y terribles.)

Amadeo salió al trabajo, como todos los días. Oyó sus pisadas y el golpe de la puerta. Se acomodó en la cama, y durmió.

Se levantó tarde. De mal humor aseó la casa. Cuando bajó a dar de comer a las gallinas la cara de comadreja de su vecina María Laureana asomó por el corralillo.

—Anda, mujer: mira que se oían las voces anoche. .

Luisa la miró, colérica.

—¡Y qué te importan a ti, mujer, nuestras cosas!

María Laureana sonreía con cara de satisfacción.

—No seas así, muchacha... si te comprendemos todos, todos... ¡Ese hombre no te merece, mujer!

Prosiguió en sus comentarios, llenos de falsa compasión. Luisa, con el ceño fruncido, no la escuchaba. Pero oía su voz, allí, en sus oídos, como un veneno lento. Ya lo sabía, ya estaba acostumbrada.

—Déjale, mujer... déjale. Vete con tus hermanas, y que se las apañe solo.

Por primera vez pensó en aquello. Algo le bullía en la cabeza: "Volver a casa". A casa, a trabajar de nuevo la tierra. ¿Y qué? ¿No estaba acaso acostumbrada? "Librarme de él". Algo extraño la llenaba: como una agria alegría de triunfo, de venganza. "Lo he de pensar", se dijo.

Y he aquí que ocurrió lo inesperado. Fue él quien no volvió.

Al principio, ella no le dio importancia. "Ya volverá", se dijo. Habían pasado dos horas más desde el momento en que él solía entrar por la puerta de la casa. Dos horas, y nada supo de él. Tenía la cena preparada y estaba sentada a la puerta, desgranando alubias. En el cielo, azul pálido, brillaba la luna, hermosa e hiriente. Su ira se había transformado en una congoja íntima, callada. "Soy una desgraciada. Una desgraciada". Al fin, cenó sola. Esperó algo más. Y se acostó.

Despertó al alba, con un raro sobresalto. A su lado la cama seguía vacía. Se levantó descalza y fue a mirar: la casucha estaba en silencio. La cena de Amadeo intacta. Algo raro le dio en el pecho, algo como un frío. Se encogió de hombros y se dijo: "Allá él. Allá él con sus berrinches". Volvió a la cama, y pensó: "Nunca faltó de noche". Bien, ¿le importaba acaso? Todos los hombres faltaban de noche en sus casas, todos bebían en la taberna, a veces más de la cuenta. Qué raro: él no lo hacía nunca. Sí: era un hombre raro. Trató de dormir, pero no pudo. Oía las horas en el reloj de la iglesia. Pensaba en el cielo lleno de luna, en el río, en ella. "Una desgraciada. Ni más ni menos".

El día llegó. Amadeo no había vuelto. Ni volvió al día siguiente, ni al otro.

La cara de comadreja de María Laureana apareció en el marco de la puerta.

—Pero, muchacha... ¿qué es ello? ¿Es cierto que no va Amadeo a la mina? ¡Mira que el capataz lo va a despedir!

Luisa estaba pálida. No comía. "Estoy llena de odio. Sólo llena de odio", pensó, mirando a María.

—No sé — dijo —. No sé, ni me importa.

Le volvió la espalda y siguió en sus trabajos.

—Bueno — dijo la vecina —, mejor es así, muchacha... ¡para la vida que te daba!

Se marchó y Luisa quedó sola. Absolutamente sola.
Se sentó desfallecida. Las manos dejaron caer el cuchillo contra el suelo. Tenía frío, mucho frío. Por el
ventanuco entraban los gritos de los vencejos, el rumor
del río entre las piedras. "Marcos, tú tienes la culpa...
tú, porque Amadeo...". De pronto, tuvo miedo. Un miedo extraño, que hacía temblar sus manos. "Amadeo me
quería. Sí: él me quería". ¿Cómo iba a dudarlo? Amadeo era brusco, desprovisto de ternura, callado, taciturno. Amadeo — a medias palabras ella lo entendió —
tuvo una infancia dura, una juventud amarga. Amadeo
era pobre y ganaba su vida — la de él, la de ella y la
de los hijos que hubieran podido tener — en un trabajo
ingrato que destruía su salud. Y ella: ¿tuvo ternura
para él? ¿Comprensión? ¿Cariño? De pronto, vio algo.
Vio su silla, su ropa allí, sucia a punto de lavar. Sus
botas, en el rincón, aún llenas de barro. Algo le subió,
como un grito. "Si me quería... acaso ¿será capaz de
matarse?"

Se le apelotonó la sangre en la cabeza. "¿Matarse?"
¿No saber nunca nada más de él? ¿Nunca verle allí:
al lado, pensativo, las manos grandes enzarzadas una
en otra, junto al fuego; el pelo negro sobre la frente,
cansado, triste? Sí: triste. Nunca lo pensó: triste. Las
lágrimas corrieron por sus mejillas. Pensó rápidamente en el hijo que no tuvieron, en la cabeza inclinada de
Amadeo. "Triste. Estaba triste. Es hombre de pocas palabras y fue un niño triste, también. Triste y apaleado.
Y yo: ¿qué soy para él?"

Se levantó y salió afuera. Corriendo, jadeando, cogió
el camino de la mina. Llegó sofocada y sudorosa. No·
no sabían nada de él. Los hombres la miraban con mirada dura y reprobativa. Ella lo notaba y se sentía
culpable.

Volvió llena de desesperanza. Se echó sobre la cama
y lloró, porque había perdido su compañía. "Sólo tenía
en el mundo una cosa: su compañía". ¿Y era tan importante? Buscó con ansia pueril la ropa sucia, las botas embarradas. "Su compañía. Su silencio al lado. Sí:
su silencio al lado, su cabeza inclinada, llena de recuerdos, su mirada". Su cuerpo allí al lado, en la noche.
Su cuerpo grande y oscuro pero lleno de sed, que ella
no entendía. Ella era la que no supo: ella la ignorante,
la zafia, la egoísta. "Su compañía". Pues bien, ¿y el
amor? ¿No era tan importante, acaso? "Marcos...".
Volvía el recuerdo; pero era un recuerdo de estampa,
pálido y frío, desvaído. "Pues, ¿y el amor? ¿No es importante?" Al fin, se dijo: "¿Y qué sé yo qué es eso
del amor? ¡Novelerías!"

La casa estaba vacía y ella estaba sola.

Amadeo volvió. A la noche le vio llegar, con paso
cansino. Bajó corriendo a la puerta. Frente a frente, se
quedaron como mudos, mirándose. Él estaba sucio, cansado. Seguramente hambriento. Ella sólo pensaba: "Quiso huir de mí, dejarme, y no ha podido. No ha podido.
Ha vuelto".

—Pasa, Amadeo — dijo, todo lo suave que pudo,
con su voz áspera de campesina —. Pasa, que me has
tenido en un hilo...

Amadeo tragó algo: alguna brizna, o quién sabe
qué cosa, que masculleaba entre los dientes. Pasó el
brazo por los hombros de Luisa y entraron en la casa.

ENVIDIA

MARTINA, la criada, era una muchacha alta y robusta, con una gruesa trenza, negra y luciente, arrollada en la nuca. Martina tenía los modales bruscos y la voz áspera. También tenía fama de mal genio, y en la cocina del abuelo todos sabían que no se le podía gastar bromas ni burlas. Su mano era ligera y contundente a un tiempo, y más de una nariz había sangrado por su culpa.

Yo la recuerdo cargando grandes baldes de ropa sobre sus ancas de yegua, y dirigiéndose al río descalza, con las desnudas piernas, gruesas y morenas, brillando al sol. Martina tenía la fuerza de dos hombres, según decía Marta, la cocinera, y el genio de cuatro sargentos. Por ello, rara era la vez que las demás criadas o alguno de los aparceros mantenía conversación con ella.

—Por tu genio no tienes amigas ni novio — le decía Marta, que en razón de su edad era la única a quien toleraba confianzas —. Deberías ser más dulce y amigable.

—Ni falta que me hace — le contestaba Martina. Y mordisqueando un pedazo de pan se iba hacia el río, alta y forzuda, garbosa a pesar de su figura maciza. Realmente, hacía pensar que se bastaba a sí misma y que de nada ni de nadie necesitaba.

Yo estaba convencida de que Martina estaba hecha de hierro y de que ninguna debilidad cabía en su corazón. Como yo lo creían todos, hasta aquel día en que, después de la cena, siendo ya vísperas de la Navidad, se les ocurrió en la cocina hablar del sentimiento de la envidia.

—Mala cosa es — dijo Marta, al fin de todos —. Mala cosa es la envidia, pero bien triste, y cierto también que todos nosotros hemos sentido su punzada alguna vez.

Todos callaron, como asintiendo, y quedaron pensativos. Yo, como de costumbre, asistía de escondidas a aquellas reuniones.

—Así es — dijo Marino, el mozo —. Todos hemos sentido la mala mordedura, ¿a qué negarlo? ¿Alguno hay aquí que no la sintiera al menos una vez en la vida? ¡Ah, vamos, supongo yo! Menos Martina, que no necesita nunca nada de nadie ni de nada...

Todos miraron a Martina esperando su bufido o su cachete. Sin embargo, Martina se había quedado pensativa, mirando al fuego y levantó levemente los hombros. Tenía las manos cruzadas sobre las rodillas. Ante su silencio, Marino se envalentonó:

—¿Y cómo es eso, chica? ¿Tuviste tú envidia de algo alguna vez?

Todos la miraban con curiosidad divertida. Sin embargo, cosa extraña, Martina no parecía darse cuenta de la pequeña burla que empezaba a flotar a su alrededor. Sin dejar de mirar a la lumbre, dijo lentamente:

—¿Y por qué negarlo? Vienen ahora fechas santas

y no quiero mancharme con mentiras: sentí la mordedura, es verdad. Una sola vez, es cierto, pero la sentí.

Marta se echó a reir.

—¿Puede saberse de qué tuviste envidia, Martina?

Martina la miró, y yo vi entonces en sus ojos una
dulzura grande y extraña, que no le conocía.

—Puede saberse — contestó —, porque ya pasó.
Hace mucho tiempo, ¡era yo una zagala!

Se pasó la mano por los labios, de revés. Pareció
que iba a sonreir, pero su boca seguía cerrada y seria.
Todos la escuchaban sorprendidos, y al fin dijo:

—Tuve envidia de una muñeca.

Marino soltó una risotada, y ella se volvió a mirarle con desprecio.

—Puede rebuznar el asno — dijo agriamente —, que
nunca conocerá la miel.

Mientras Marino se ruborizaba. Marta siguió:

—Cuéntanos, muchacha, y no hagas caso.

Martina dijo entonces, precipitadamente:

—Nunca hablé de esto, pero todos sabéis que cuando padre se casó con Filomena yo no lo pasé bien.

Marta asintió con la cabeza.

—Fue verdadera madrastra, eso sí, muchacha. Pero
tú siempre te supiste valer por ti misma...

Martina se quedó de nuevo pensativa y el resplandor del fuego dulcificaba sus facciones de un modo desconocido.

—Sí, eso es: valerme por mí misma... eso es cierto. Pero también he sido una niña. ¡Sí, a qué negarlo,
cuernos, niña y bien niña! ¿Acaso no tiene una corazón?... Después que padre casó con Filomena, vinieron los zagales Mauricio y Rafaelín... ¡Todo era poco
para ellos, en aquella casa...! Y bien, yo, en cambio,

la grandullona, al trabajo, a la tierra. No es que me
queje, vamos: sabido es que a esta tierra se viene, por
lo general, a trabajar. ¡Pero tenía siete años! ¡Sólo siete años…!

Al oir esto todos callaron. Y yo sentí un dolor pequeño dentro, por la voz con que lo dijo. Continuó:

—Pues ésta es la cosa. Un día llegaron los del Teatrín… ¿recuerda usted, señora Marta, aquellos cómicos
del Teatrín? ¡Madre, qué majos eran…! Traían un tea-
trillo de marionetas, que le decían. Me acuerdo que me
escapé a verle. Tenía ahorrados dos realines, escondi-
dos en un agujero de la escalera, y acudí… Sí, me
gustó mucho, mucho. Ponían una función muy bonita,
y pasaban cosas que yo no entendí muy bien. Pero sí
que me acuerdo de una muñeca preciosa — la principal
era —, lo más precioso que vi: pelo rubio hasta aquí,
y unos trajes… ¡Ay, qué trajes sacaba la muñeca aquella! ¡Mira que en cada escena uno diferente…! Y abanicos, y pulseras… ¡Como un sueño era la muñeca!
Estuve yo como embobada mirándola… Bien, tanto es
así, que, en acabando, me metí para adentro, a fisgar.
Vi que la mujer del cómico guardaba los muñecos en
un baulito. Y a la muñeca, que se llamaba Floriana,
la ponía en otro aparte. Conque fui y le dije: "Señora,
¿me deja *usté* mirarla?"

"Ella, a lo primero, pareció que me iba a echar,
pero luego se fijó más en mí, y me digo yo ahora si
le daría lástima de verme descalza y rota como iba,
y flacucha que me criaba, y dijo: "¿Pagaste tu entrada, chiquita?" "La pagué, sí señora". Ella me
miró más, de arriba a abajo, y por fin se rió así, para
entre ella, y dijo: "Bueno, puedes mirarla si eso te
gusta". ¡Vaya si me gustaba! Bizca me quedé: tenía

la Floriana una maleta para ella sola y, ¡Virgen, qué
de trajes, qué de pulserinas, coronas y abanicos! Uno
a uno me los iba ella enseñando, y me decía: "Esto
para esto, éste para lo otro..." ¡Ay, Dios, un sueño
parecía! Viéndola, a mí me arañaban por dentro, me
arañaban gatos o demonios de envidia, y pena y tristura me daba, he de confesarlo. ¡Y cómo vivía aquella muñeca, cielo santo! ¡Cómo vivía! En que llegué
a casa, la Filomena me esperaba con la zapatilla y me
dio buena tunda por la escapada... Sorbiéndome el
moquillo me subí el escaño *ande* dormía, en el jergón
de paja... Y me acordaba del fondo del baúl de sedas
mullidas, donde dormía la Floriana... Y mirando mis
harapos me venían a las mientes sus sedas y sus bra-
zaletes. A la mañana, arreando, salí con el primer sol
y me fui para el carro de los cómicos, descalza y medio desnuda como estaba, y me puse a llamar a voces
a la señora. Y en que salió, despeinada y con sueño,
le pedí que me llevaran con ellos: por Dios y por todo,
si me querían llevar con ellos, que, bien lavada y pei-
nada, podía serles como de muñeca.

Marta sonrió y le puso la mano en el hombro.

—Vaya, muchacha — le dijo —. No te venga la
tristeza pasada. Bien que te·defendiste luego... ¡Poca
envidia es esa tuya!

Martina levantó la cabeza, con un gesto como de
espantar una mosca importuna.

—¡Y quién dice otra cosa! Nadie tiene que andar-
me a mí con compasiones. ¡Fresca estaría...! ¡Cuán-
tas querrían estar en mi lugar! ¡Pues sí que...! De pecados de envidia estábamos hablando, no de tristeza.

EL ÁRBOL DE ORO

Asistí durante un otoño a la escuela de la señorita Leocadia, en la aldea, porque mi salud no andaba bien y el abuelo retrasó mi vuelta a la ciudad. Como era el tiempo frío y estaban los suelos embarrados y no se veía rastro de muchachos, me aburría dentro de la casa, y pedí al abuelo asistir a la escuela. El abuelo consintió, y acudí a aquella casita alargada y blanca de cal, con el tejado pajizo y requemado por el sol y las nieves, a las afueras del pueblo.

La señorita Leocadia era alta y gruesa, tenía el carácter más bien áspero y grandes juanetes en los pies, que la obligaban a andar como quien arrastra cadenas. Las clases en la escuela, con la lluvia rebotando en el tejado y en los cristales, con las moscas pegajosas de la tormenta persiguiéndose alrededor de la bombilla, tenían su atractivo. Recuerdo especialmente a un muchacho de unos diez años, hijo de un aparcero muy pobre, llamado Ivo. Era un muchacho delgado, de ojos azules, que bizqueaba ligeramente al hablar. Todos los muchachos y muchachas de la escuela admiraban y envidiaban un poco a Ivo, por el don que poseía de atraer la atención sobre sí, en todo momento. No es que fuera ni inteligente ni gracioso, y, sin embargo, había algo en él, en su voz quizás, en las cosas que contaba, que conseguía cautivar a quien le escuchase. También la señorita Leocadia se dejaba prender de aquella red de plata que Ivo tendía a cuantos atendían sus enrevesadas conversaciones, y — yo creo que muchas veces contra su voluntad — la señorita Leocadia le confiaba a Ivo tareas deseadas por todos, o distinciones que merecían alumnos más estudiosos y aplicados.

Quizá lo que más se envidiaba de Ivo era la posesión de la codiciada llave de *la torrecita*. Ésta era, en efecto, una pequeña torre situada en un ángulo de la escuela, en cuyo interior se guardaban los libros de lectura. Allí entraba Ivo a buscarlos, y allí volvía a dejarlos, al terminar la clase. La señorita Leocadia se lo encomendó a él, nadie sabía en realidad por qué.

Ivo estaba muy orgulloso de esta distinción, y por nada del mundo la hubiera cedido. Un día, Mateo Heredia, el más aplicado y estudioso de la escuela, pidió encargarse de la tarea —a todos nos fascinaba el misterioso interior de la torrecita, donde no entramos nunca—, y la señorita Leocadia pareció acceder. Pero Ivo se levantó, y acercándose a la maestra empezó a hablarle en su voz baja, bizqueando los ojos y moviendo mucho las manos, como tenía por costumbre. La maestra dudó un poco, y al fin dijo:

—Quede todo como estaba. Que siga encargándose Ivo de la torrecita.

A la salida de la escuela le pregunté:

—¿Qué le has dicho a la maestra?

Ivo me miró de través y vi relampaguear sus ojos azules.

—Le hablé del árbol de oro.

Sentí una gran curiosidad.

—¿Qué árbol?

Hacía frío y el camino estaba húmedo, con grandes charcos que brillaban al sol pálido de la tarde. Ivo empezó a chapotear en ellos, sonriendo con misterio.

—Si no se lo cuentas a nadie...

—Te lo juro, que a nadie se lo diré.

Entonces Ivo me explicó:

—Veo un árbol de oro. Un árbol completamente de oro: ramas, tronco, hojas... ¿sabes? Las hojas no se caen nunca. En verano, en invierno, siempre. Resplandece mucho; tanto, que tengo que cerrar los ojos para que no me duelan.

—¡Qué embustero eres! — dije, aunque con algo de zozobra. Ivo me miró con desprecio.

—No te lo creas — contestó —. Me es completamente igual que te lo creas o no... ¡Nadie entrará nunca en la torrecita, y a nadie dejaré ver mi árbol de oro! ¡Es mío! La señorita Leocadia lo sabe, y no se atreve a darle la llave a Mateo Heredia, ni a nadie... ¡Mientras yo viva, nadie podrá entrar allí y ver mi árbol!

Lo dijo de tal forma que no pude evitar preguntarle:

—¿Y cómo lo ves...?

—Ah, no es fácil — dijo, con aire misterioso —. Cualquiera no podría verlo. Yo sé la rendija exacta.

—¿Rendija...?

—Sí, una rendija de la pared. Una que hay corriendo el cajón de la derecha: me agacho y me paso horas y horas... ¡Cómo brilla el árbol! ¡Cómo brilla! Fíjate que si algún pájaro se le pone encima también se vuelve de oro. Eso me digo yo: si me subiera a una rama, ¿me volvería acaso de oro también?

No supe qué decirle, pero, desde aquel momento, mi deseo de ver el árbol creció de tal forma que me desasosegaba. Todos los días, al acabar la clase de lectura, Ivo se acercaba al cajón de la maestra, sacaba la llave y se dirigía a la torrecita. Cuando volvía, le preguntaba:

—¿Lo has vista?

—Sí — me contestaba. Y, a veces, explicaba alguna novedad:

—Le han salido unas flores raras. Mira: así de grandes, como mi mano lo menos, y con los pétalos alargados. Me parece que esta flor es parecida al *arzadú*.

—¡La flor del frío! — decía yo, con asombro —. ¡Pero el *arzadú* es encarnado!

—Muy bien — asentía él, con gesto de paciencia —. Pero en mi árbol es oro puro.

—Además, el *arzadú* crece al borde de los caminos... y no es un árbol.

No se podía discutir con él. Siempre tenía razón, o por lo menos lo parecía.

Ocurrió entonces algo que secretamente yo deseaba; me avergonzaba sentirlo, pero así era: Ivo enfermó, y la señorita Leocadia encargó a otro la llave de la torrecita. Primeramente, la disfrutó Mateo Heredia. Yo espié su regreso, el primer día, y le dije:

—¿Has visto un árbol de oro?

—¿Qué andas graznando? — me contestó de malos modos, porque no era simpático, y menos conmigo. Quise dárselo a entender, pero no me hizo caso. Unos días después, me dijo:

—Si me das algo a cambio, te dejo un ratito la llave y vas durante el recreo. Nadie te verá...

Vacié mi hucha, y, por fin, conseguí la codiciada

llave. Mis manos temblaban de emoción cuando entré en el cuartito de la torre. Allí estaba el cajón. Lo aparté y vi brillar la rendija en la oscuridad. Me agaché y miré.

Cuando la luz dejó de cegarme, mi ojo derecho sólo descubrió una cosa: la seca tierra de la llanura alargándose hacia el cielo. Nada más. Lo mismo que se veía desde las ventanas altas. La tierra desnuda y yerma, y nada más que la tierra. Tuve una gran decepción y la seguridad de que me habían estafado.

Olvidé la llave y el árbol de oro. Antes de que llegaran las nieves regresé a la ciudad.

Dos veranos más tarde volví a las montañas. Un día, pasando por el cementerio — era ya tarde y se anunciaba la noche en el cielo: el sol, como una bola roja, caía a lo lejos, hacia la carrera terrible y sosegada de la llanura —, vi algo extraño. De la tierra grasienta pedregosa, entre las cruces caídas, nacía un árbol grande y hermoso, con las hojas anchas de oro: encendido y brillante todo él, cegador. Algo me vino a la memoria, como un sueño, y pensé: "Es un árbol de oro". Busqué al pie del árbol, y no tardé en dar con una crucecilla de hierro negro, mohosa por la lluvia. Mientras la enderezaba, leí: IVO MÁRQUEZ, DIEZ AÑOS DE EDAD.

Y no daba tristeza alguna, sino, tal vez, una extraña y muy grande alegría.

EL TESORO

MARCIAL era uno de los aparceros de Lucas Mediodía y trabajaba en las tierras de más allá del río, rozando ya las de los Pinares. Marcial tenía unos cuarenta años, era soltero y vivió con su madre hasta que ésta murió, en una casita vieja y medio derruida, junto a la carretera.

Todo el mundo tenía la idea de que Marcial era un hombre alegre y bastante aficionado al vino, aunque, como todos decían también, "sin abusar". En todas las fiestas era figura destacada, y nosotros le recordábamos a menudo disfrazado de *cachibirrio,* cubierto de cintas de colores y pañuelos de seda roja, bailando en la procesión del día de la Santa Cruz. Marcial ganaba poco y era buen trabajador. A nosotros, los niños, nos tenía especial cariño, y siempre nos guardaba endrinas, ciruelas o pedazos de panal silvestre, porque sabía que eran cosas prohibidas que nos encantaban. Contaba muchas historias del zorro y el conejo, sabía preparar liga para cazar pájaros y fabricar flautas de cáñamo. Nosotros le teníamos simpatía, e íbamos a verle muchas veces a su casita de junto a la carretera, cuando volvía del trabajo.

Él nos recibía siempre cortés — los hombres de las montañas tenían casi todos una cortesía especial, muy suya, que nosotros comprendíamos bien, aunque tenía poco que ver con la que nos habían enseñado —, y, mientras se lavaba en el pozo de cintura para arriba, restregándose con un trozo de arpillera, nos llamaba a cada uno por nuestros nombres, sin olvidar el de nadie, y nombrándonos siempre por orden de edades, sin equivocarse nunca.

Recuerdo que alguna vez nos preguntaba cosas de la ciudad, y que luego de escuchar nuestras vagas explicaciones, se quedaba pensativo y movía la cabeza.

—¿Te gustaría ir a la ciudad? — le preguntó en cierta ocasión mi hermano mayor.

—No sé — contestó Marcial, rascándose una ceja —, no sé. ¡Debe ser muy diferente de *to* lo conocido!

Sin embargo, un día, Marcial cambió. Nosotros nos enteramos al principio del verano, cuando volvimos a las montañas después del invierno en la ciudad. La primera noticia, naturalmente, la tuvimos tras la puerta de la cocina. En cuanto traspasábamos aquella puerta y entrábamos en el reino de Marta y las criadas, o en trasponer la angarilla del huerto y bajar a las cuadras, empezaba a tener sentido el mundo de las montañas. Cruzados esos dinteles se nos revelaban todos los misterios y comprendíamos todos los enigmas.

Allí, pues, nos enteramos del cambio de carácter de Marcial.

—No es el mismo — decía Mariano, el aparcero mayor —, ni sombra de lo que fue. Amargado y triste, anda como alcanzado de un mal.

—Y está alcanzado — dijo Marta —. Del mal de la codicia.

Aquello nos intrigó. Poco después, supimos que Marcial era dueño de un tesoro y temía que se lo robaran.

—¿Un tesoro? — preguntamos, llenos de curiosidad —. ¿Qué tesoro, Marino? ¡Cuéntanoslo!

—Un tesoro *mu* grande — dijo Mariano con voz sentenciosa, mientras liaba un cigarrillo —. Un tesoro que encontró cavando en la tierra.

— ¿Y cómo se sabe? — preguntó mi hermano, que era bastante incrédulo.

—Se sabe — contestó despacio Marino, mirándole a los ojos —. Esas cosas se saben, mocito. Marcial encontró, dicen, un puchero lleno de monedas de oro... Pues bien, desde entonces no vive. Lo ha debido de enterrar en alguna parte de su casa, y desde entonces se acabó su alegría. Vive pensando en que se lo quieren robar, y a todo el mundo le niega que lo tenga, y se pone furioso sólo con que se lo mienten. "¡No encontré nada, cuitados, no encontré nada!", dice, en cuanto se toma dos copas. Y eso es lo malo: que nadie le pregunta y él anda con esa idea negreándole dentro de la cabeza. Ya no es el Marcial que conocisteis, mocitos, y se os aconseja que no vayáis a su casa porque os recibirá mal.

Nosotros quedamos pensativos y bastante impresionados con el relato. Sin embargo, no hicimos demasiado caso, y al día siguiente fuimos a visitar a Marcial, a la hora en que sabíamos habría vuelto de su trabajo. Íbamos por el caminillo de la cuesta, hacia la carretera, llamándole a gritos, como de costumbre. Marcial estaba sentado en la puerta de su casucha, y en seguida vimos la expresión seria y cerrada de su cara. Nos paramos delante de él, intimidados, y al fin nos dijo:

—*Volveisus* a casa, muñecos. No tengo tiempo que perder.

Efectivamente: Marcial había cambiado mucho, y acongojados nos fuimos de allí. Por dos o tres veces intentamos reanudar nuestra antigua amistad con Marcial, y otras tantas volvimos a casa defraudados. Mis hermanos no tardaron en olvidarle, pero yo no, pues me tenía muy preocupada. No comprendía lo que sucedía y durante el día entero andaba mareando a preguntas a Marino, con la dichosa historia del tesoro de Marcial:

—¿Por qué lo niega, Marino?

—Porque, como lo encontró en la tierra de Lucas Mediodia, tiene miedo que el amo se lo reclame...

—¿Y se lo reclama?

—¡Bah! — dijo Marino con un deje despectivo —. Lucas Mediodia no cree en tesoros.

A Marcial lo vi alguna vez en la taberna y pude darme cuenta de que bebía más que antes y de que, como decía Marta, "se le había vuelto el vino malo". Siempre salía de ella de genio susceptible y con ganas de camorra. Antes, por el contrario, el vino le hacía cantar canciones muy hermosas, aunque un poco tristes.

Un día ocurrió lo que tanto temía Marta: unos desconocidos entraron de noche en casa de Marcial, le hirieron dándole un golpe en la cabeza y desvalijaron su casucha. La noticia corrió como pólvora, y Marta me lo contó muy asustada:

—¿Sabes, el pobre Marcialito, el del tesoro? ¡Ay de él! Entraron ladrones en su casa y le dieron con un palo en la cabeza, que por poco lo matan. Estaban ya haciendo averiguaciones, todo se lo revolvieron y hasta levantaron los ladrillos del suelo...

—Pero, ¿han encontrado el tesoro?

—No sé... No se sabe. Él jura y jura, llorando, que no tenía tesoro alguno. ¡Cualquiera sabe la verdad!

Marcial estuvo grave algunos días, por culpa del golpe en la cabeza. El abuelo se enteró, y, como sabía que vivía solo, mandó a Marta que fuera a cuidarlo y le llevara cuanto necesitase. Yo me escabullí con ella, aun sabiendo que el abuelo no me lo permitía. Durante varios días fuimos a la casita, y yo hice compañía al pobre Marcial, que se quejaba mucho, con la cabeza vendada, mientras Marta le arreglaba la casa y le preparaba algo de comer, en el hogar de la pequeña cocina. Durante aquellos días, Marcial parecía un niño o un pajarillo, y yo sentía mucha lástima de él.

No se tardó en descubrir a los ladrones: eran los hijos de María Antonia Luque, dos muchachos de catorce y dieciocho años, que confesaron su delito. Dijeron que deseaban robar el tesoro de Marcial, pero que no lo habían encontrado. La Guardia Civil se los llevó para el juicio, y Marta se lo contó a Marcial. Éste iba ya mucho mejor de su herida, y cuando Marta acabó de contarle todo minuciosamente, se sentó en la cama, y dijo:

—Marta, cierra bien la buerta. Quiero deciros algo a ti y a la niña, que fuisteis buenas conmigo.

Marta, muy picada de curiosidad, le obedeció, y las dos quedamos pendientes de sus palabras.

—El tesoro existe — dijo Marcial —. ¡Maldito sea! Sólo me trajo males. A ti, pues, Marta, te encargo de él: que lo uses como mejor te plazca.

—¡Ay de mí! — Marta se tapó la cara con el delantal y empezó a gemir —. ¡No tal cosa, Marcial, no tal cosa! No soy yo quién para ello. ¡Y el tesoro me da miedo!

—No seas estúpida, mujer — dijo Marcial, desaso-
segado —. Sea como yo te pido: conoces quien puede
necesitar de él...

—Pues dilo al amo — dijo Marta, descubriendo de
nuevo su cara sofocada —. Dilo al amo, y que él em-
plee en bienes esa fortuna. ¿Qué sabemos nosotras de
cosas del dinero?

Marcial hizo un gesto enérgico con la mano.

—¡El amo! — dijo, como quien habla del sol o de
la lluvia, o de la tierra ancha y ajena, perdiéndose hacia el horizonte —. ¡Para el amo no hay tesoros en el
mundo!

Se levantó y fue hacia un cajón de la cómoda. Metió la mano hasta el fondo, y sacó una tablita que di-
simulaba un escondrijo. Luego esgrimió el puño ante
nuestros ojos.

—No digáis a nadie, y juradlo, que existía el tesoro.

Marta se santiguó y yo lo hice a mi vez.

—Juramos — dijo Marta, temblorosa —. Juramos
y prometemos repartirlo entre los necesitados.

Marcial abrió lentamente el puño, y en su palma
rugosa vimos brillar una moneda de oro.

EL PERRO PERDIDO

DAMIÁN era el tercer hijo de los Albarados y apenas cumplidos los catorce años le entró el mal de la fiebre. Su padre estuvo unos días taciturno, y al fin decidió mandarlo en el auto de línea, con el hermano mayor, para que lo viera un médico de la capital. Volvieron al día siguiente, y el hermano mayor dijo:

—Que no hay nada que hacer. Que se esté quieto, y a esperar.

Desde entonces, era fácil ver a Damián, sentado junto a la ventana durante los días fríos, y a la puerta de la casucha los que daba el sol contra la fachada.

Damián veía partir a todos hacia el trabajo, y se quedaba solo. Únicamente al llegar al invierno, con la nieve, se quedarían todos en casa y tendría compañía. Desde su ventana se veía el río, y, más allá, el principio de los bosques. A veces, ver el río y los árboles le daba tristeza. Las mujeres de la aldea, de verlo al pasar, comentaban entre sí, y decían:

—Al pequeño Albarado le quitan a puñados la carne del cuerpo. Mala cosa es la fiebre, pero peor es la soledad.

Esto también lo sabían los Albarado, pero no estaba en su mano el remediarlo. Eran pobres y tenían que acudir a la tierra, si no querían morir.

Un día, estando ya muy avanzado el otoño, Damián vio llegar por el caminillo del bosque un perro perdido. Era gris, flaco y como alicaído. No se le apreciaba herida alguna ni contusión, y, sin embargo, todo él tenía el aire magullado y caminaba como si fuera cojo de las cuatro patas. Damián se asomó casi de medio cuerpo, para verle pasar.

—¡Chucho! — le llamó, con una curiosidad extraña.

El perro levantó las orejas, y luego miró hacia arriba, como temeroso.

Damián se hizo amigo del perro perdido.

—¿De dónde ha venido este chucho? — dijo el padre de los Albarados.

Pero nadie sabía nada. Era un perro feo y triste, que nadie vio nunca ni en la aldea ni por los alrededores. No era simpático, y los hermanos de Damián le tomaron ojeriza:

—Eche al perro de casa, padre: está embrujado.

La vieja Antonia María, que tenía en el pueblo fama de curandera, dijo cuando lo vio:

—Ese perro es un espíritu malo: está purgando sus pecados en la tierra... ¡Echadlo a patadas del pueblo!

Y así quisieron hacerlo. Salieron los hermanos con estacas y piedras, pero Damián asomó medio cuerpo por el ventanuco, chillando y llorando.

—¡No me lo matéis al perro, no me lo matéis!

Los hermanos le echaron una cuerda al cuello y le querían arrastrar al río, para ahogarlo o darle martirio. Damián chillaba tanto, que el padre acudió y dijo:

—¡Ea, muchachos, soltadle! Contentaos con dejarlo ahí, y que no entre en la casa.

Los hermanos obedecieron a regañadientes, porque temían al padre.

La calle estaba ya oscura, con el color de la tierra en siembra, porque llegaban los fríos. Se fueron los hermanos calle abajo, y Damián, con el cuerpo fuera de la ventana, les vio marchar. El sol encendía de un color escarlata los últimos ventanucos de la calle, y Damián se estremeció. Miró allá abajo, al perro, y vio su cara levantada, sus ojos oscuros y húmedos, y la cuerda pendiente del cuello.

—Amigo mío — dijo —. Amigo mío.

Y le caían muchas lágrimas por el rostro, mirándole. Bajó el viento calle abajo, y vió cómo arrastraba hojas doradas, desprendidas del cercano bosque. Damián señaló hacia él con el dedo, y dijo:

—Mira, amigo mío, esto es el anuncio de la muerte. Yo sé muy bien que la caída de las hojas es el anuncio de la muerte.

Se inclinó sobre la ventana y se quedó mirando al perro, con la barbilla apoyada en las manos cruzadas.

La tarde se volvió más y más azul, y allá arriba se prendieron luces frías, espaciadas y lejanas. El viento no cesaba, y el padre dijo:

—Vamos, chico, cierra la ventana.

Damián se lo hizo repetir dos veces, porque sus ojos no se podían apartar de los ojos del perro, que le montaba guardia abajo. Luego, ya cerrada, a través del cristal, empinándose sobre los pies, seguían mirándose. Pasó mucho rato y el hermano mayor dijo:

—Pero, chico, ¿no te cansas? Siéntate, que voy a traerte la cena.

Como en aquella casa no había mujer, ellos mismos guisaban su comida. El hermano le trajo el plato humeante y lo dejó sobre una silla.

—Tienes que descansar, Damián.

Damián comió, y mientras lo hacía oía en la calle el aullido del perro. Algo nuevo y maravilloso le ocurría. Algo grande que le llenaba de alegría y de un gozoso miedo. El aullido del perro no lo comprendían el padre y los hermanos, que dijeron:

—¡Cómo gime el viento esta noche!

Cuando todos se acostaron, Damián salió de nuevo a la ventana. Allá abajo seguía el perro, con sus ojos como dos farolillos en la noche. Estaba ya echado en el suelo, pero tenía aún la cabeza levantada. Y Damián sentía renacer su antigua fuerza y notaba cómo la tristeza huía calle abajo, como un animal sarnoso.

Al amanecer, el perro dio su último aliento al aire frío de la mañana, y cayó muerto en el barro de la calle. Damián fue corriendo a despertar a su padre.

—Padre, míreme: estoy sano. He sanado, padre.

Nadie le creía, en un principio. Pero sus ojos y su cara entera resplandecían, y saltaba y corría como un ciervo, y había un color nuevo en su piel, y hasta parecía que en el aire que le rodeaba.

—El perro me dio la salud — explicó Damián —. Me la dio toda, y él se murió allá abajo.

Hubieron de creerle, al fin. Estaba fuerte como antes, sin fiebre y sin melancolía. Antonia María examinó el perro con su ojo de cristal, y dijo:

—Ya lo advertí: purgaba sus pecados en la tierra. Descanse en paz.

Los hermanos lo cogieron en brazos y fueron a enterrarlo al bosque, con todo el respeto que cabía.

ÍNDICE